九歌一〇七年

2018

童話選

之——神仙快遞

謝鴻文 主編

得主

許亞歷

作品

讓色彩再現的灰階國

九歌出版社

九歌107年小主編推薦童話獎　得獎感言

◎許亞歷

和小孩上戶外課，我們聊起色彩，撫摸牽牛花花瓣的小孩說：「牽牛花的紫色是脆弱的顏色，再多摸一下，它就要受傷了。」大一點的孩子聊起放學回家，校車總塞在捷運施工路段，窗外逐漸轉為深藍的天色與深藍的工程圍籬，包圍著停滯的自己，「想動卻動彈不得的心情是深藍色的。」雙眼遠不只看而已呀，更帶動了整副身心感受，於是我們各自留下了這樣或那樣的故事。謝謝我的大小孩子們，化作我視野與身心的一部分。謝謝九歌和主編，你們是穿透藍色週一的暖光，投射在新紙頁上的黃色。

107年 童話選目錄

卷一 神仙出任務

卷二 快遞新鮮事

卷一

神仙出任務

神仙保鑣公司

／李柏宗

◎ 插畫／李月玲

作者簡介

小鎮教師，喜歡說故事。

童話觀

學生喜歡說我是長不大的大男孩。我想說個故事，那個故事可以打開孩子的想像世界，可以對未知抱有期待，這樣的故事，就會是我心中最棒的童話。

阿康很緊張。手上拿的是寫著「神仙保鑣公司」的傳單。本來在路上拿到這種傳單他一定都會丟掉的，但那個西裝筆挺的鬍子大叔說「只要被人欺負的話就找我們神仙保鑣公司，包準問題都會解決」，只聽到這句話阿康就決定從鬍子大叔手上把傳單接過來。

阿康已經好長一段時間都覺得上學是可怕的事：班上的阿桓總是能找到一些事來取笑他，唯一不讓他取笑的方法就是拿媽媽給的零用錢買飲料給阿桓喝。阿桓在拿到飲料後總會一把攬住阿康說「真好，我們果然是朋友吧？」，但阿康並不喜歡這樣交朋友的方式，上了小學二年級數學變得比較難以後，阿桓甚至會「拜託」阿康幫忙他做功課，如果不答應的話只要阿康一犯錯阿桓就會取笑得更厲害。

一號神仙保鑣：齊天大聖，絕招「神行百變」、「金箍好棒棒」，生平最佳業績——護送唐三藏至西天取經。

二號神仙保鑣：二郎神，絕招「天眼通」、「馴狗術」，生平最佳業績——鎮守天宮南天門千年不遭妖魔鬼怪侵害。

三號神仙保鑣：關聖帝君，絕招「耍大刀」、「騎赤兔」，生平最佳業績——在世時護送大嫂千里平安直到見到大哥劉備，成神後定期到各警局巡邏確保正義執行。

傳單上阿康最欣賞的是保鑣三號關聖帝君叔叔了，那個「確保正義執行」的關鍵字一定會讓阿康不被欺負的吧？

所以這天上學前，阿康特地提早了一個小時出門，照著傳單的地址繞到後山的小廟去找神仙保鑣公司，想要聘請關聖帝君叔叔來保護他一天。到了後山的小廟以後，卻發現小廟不見了，取而代之的是氣派又莊嚴的大宮殿，殿門上就掛著「神仙保鑣公司」的匾額。阿康還記得兩個禮拜前才陪爺爺到後山來走步道，怎麼兩個禮拜過去就蓋好一棟大樓了？

「神仙蓋房子真快啊！」阿康不禁瞠目結舌。

上次看到的鬍子大叔馬上從宮殿裡走出來，笑嘻嘻的說著：「你好，敝姓財，本店開張的第一位客人！今天想要找哪位保鑣來保護你呢？」看見鬍子大叔笑開懷的樣子，阿康才想起來鬍子大叔跟過年時電視上會看到的財神爺長得好像。

看了看手錶，離上課只剩下不到半小時，阿康於是急切的想要趕快把保鑣帶走：「關聖帝君！」直接切入主題。怕財神爺大叔不知道，阿康還把傳單放到財神爺面前指著臉紅紅又小眼睛的神仙說。

「那……要預付薪水喔？小弟弟有嗎？」

「有！」阿康馬上從書包裡拿出這禮拜的零用錢，與其被阿桓拿走，不如就付給神仙叔叔們吧。

財神爺卻馬上制止阿康：「別！別！別！小弟弟你可有看過大人去拜拜拿真錢給神明的？」

阿康遲疑的把零用錢放回書包，搖搖頭。

「那大人們去拜拜都拿什麼？」

阿康恍然大悟，馬上從書包拿出「旺旺仙貝」。塑膠包裝紙上印的小瓜呆像是要張手擁抱財神爺。

「只有一包旺旺仙貝？」

「現在……就只有這樣了……」阿康有點心虛，但隨即又轉回很興奮的表情，「關聖帝君叔叔要陪我上學了嗎？」

財神爺收下旺旺仙貝，但笑容少了一些：「關老爺的赤兔號要做年中保養，進廠維修暫時不在。」

「好吧……那……二郎神哥哥？」

「最近有狂犬病的疫情，二郎神帶哮天犬去打疫苗了，公立醫院的疫苗索取很熱烈排得比較久，可能十天八天的才能回來了。」

「齊天大聖？」

「悟空昨天才帶著伴手禮去北部的木柵動物園探親了，悟空比較重感情，可能也是要住個幾天才回來。」

阿康垂頭喪氣，傳單上的神仙保鑣們都不在，看來今天是要空手而歸了。一想到上學就要被阿桓取笑，阿康就忍不住又嘆了口氣。

「不過既然收了預付金，公司裡現在倒是還有個選擇。」財神爺悠悠的說。

「還有其他神仙保鑣？」阿康馬上又開心起來。

財神爺瞇起眼睛，像要介紹一個神祕人物：「嗯，最近剛進公司的小周。」

「小周神仙你真的是神仙保鑣嗎？」走去學校的路上，阿康忍不住問身邊也是穿著黑色西裝的小周。阿康身材瘦小，從小每天喝牛奶的阿桓整整高上他兩顆頭。阿康身邊的小周年紀看起來和他相仿，個頭不像是能從阿桓手中保護阿康，一臉愛睡的模樣，讓阿康覺得這時候如果有野狗竄出來，小周說不定還會比他先逃跑。

小周用很萌很可愛的臉打了個哈欠，知道了阿康的心思，一副意興闌珊的說，「放心啦！傳單上不是都有寫嗎？我們公司的主旨就是不讓你被欺負啦！」

「那你不用走的嗎？」阿康看著飄著移動的小周，怕會嚇到路上的其他人。

「你不是有給阿財兄旺旺仙貝當預付金？」小周一句話就打了兩個盹的邊向阿康解釋，「只有小弟弟你和神仙保鑣公司簽契約，所以也只有你看得見我。其他凡人看到我們的是另個模樣。」

「那我就放心了！」阿康雖然心裡還是有些疑慮，但想著既然是神仙，再怎麼不濟只要一施法力，看阿桓還不摔得東倒西歪？

不知不覺走到了學校。

阿康一直想著今天有小周神仙當保鑣，走進班級座位前竟然撞到椅子跌了一跤，這一瞬間馬上就聽到已經先進教室的阿桓爆出笑聲。

阿康生氣的瞪著阿桓，悄悄對身邊的小周說：「就是他欺負我，幫我伸張正義！」

小周卻打了呵欠：「正義？你又知道那個阿桓是壞人了？出門前我把阿財兄調給我的資料看了看，阿桓可是很孝順的小孩，明明很想補習，都還是會跟沒錢的媽媽說別擔心呢。」小周看著已經嘟起嘴生氣的阿康，「況且……」

「況且？」阿康一邊生氣一邊也疑惑起來。

「況且根據神的法力，除了你之外的凡人就會看見不同的樣子。我是神仙保鑣公司的新進職員，法力不高，所以其他人都會把我看成……」

「蚊子！」阿桓伸手「啪」的一聲拍扁了話講到一半的小周，「阿康你看，我救了你不被蚊子叮，為了回報我，今天也要請我喝飲料喔！」說完又一把攬住了阿康笑嘻嘻。

但阿康卻哭了，嚎啕大哭！

好不容易請回來的神仙竟然扁了。

「什麼神仙保鑣！都是騙人的！」眼淚不停從阿康的眼眶跑出來。

「不是我弄哭阿康的喔……」阿桓也嚇得把手縮回來，在眾人目光中悻悻然的回到位子上。

小周在被當作蚊子拍扁那一瞬間消失了。

那天在學校阿康哭了一天，有力氣就會哭。但那天阿桓也沒再取笑過阿康，沒有讓阿康去買飲料給他喝。

放學的前一節下課，阿康的桌上甚至多出了一瓶不知道誰放的飲料。

▪

阿康本來想回家的路上直接去後山的神仙保鑣公司問問財神爺叔叔該怎麼辦，但哭了一天實在太累了撐不住，一回家就倒頭大睡，睡前還難過的小小聲念著「扁了，扁了」。

阿康在醒來時是深夜了，本應睡眼惺忪的他醒來第一個反應竟然是睜大眼睛喊出聲，因為他看見了……

「小周神仙！」

「瞧你擔心的。」小周撐著下巴，一副什麼事都沒發生的樣子，「我沒跟你說過我是夢神嗎？到了大家都作夢的晚上才是我的主場啦！」可能因為是深夜，小周連說話都比白天有精神許多。

「所以你要在深夜保護我不被欺負？」

小周點點頭。

「但是欺負我的人只有在白天的學校才會欺負我？」

「保護有很多意義……」小周一彈指，阿康的房間裡馬上變出了一艘小帆船，「保護也有很多種方法。」語畢，小周牽起阿康的手，將阿康從床上拉起來。阿康被拉著上船的瞬間，變魔法似的房間忽然多出了一條懸空的小河流通到窗外，小帆船就停靠在他的床邊，往窗外看，月光皎潔的夜空中有許多小河流從窗戶通到每戶人家。

「每個人都會作夢喔，很多人說自己沒作夢只是因為在醒來那一瞬間他就把夢裡的事情忘光光了。」小帆船啟航，阿康站在船頭雀躍的看著眼前如魔法世界般的景象，小周憑空變出一支長篙邊撐船邊悠悠的繼續說，「每個人的夢都有河流相連著，有時你會夢到認識的人就是因為你們的意識在河流上相遇了。」

「那我們現在要去哪裡？」

「我剛剛收到線報，那個讓你害怕上學的阿桓睡著了，所以我們要去他的夢境裡走走。」

阿康卻很緊張的說：「可以不要嗎？萬一他在夢裡都取笑我……」

「放心，有我在呢！」小周很帥氣的說著。不知道是不是阿康的錯覺，他

覺得小周神仙比起白天看起來可靠了不只一百倍。

▪

去到阿桓房間之後，阿康最驚訝的是阿桓熟睡的臉一點也不可怕。而且環顧四周後，發現在阿桓的書桌上竟然有寫到一半的作業。

阿康忍不住向小周分享他的新發現：「我還以為阿桓作業從來都不寫的。」

小周微笑，欣賞著阿康純真的模樣：「阿桓不是不寫作業喔，是每天都在麵攤幫媽媽工作到很晚才有空可以寫。你看，現在月神都已經到最高的地方看我們凡間了，是夜晚最深的時候，阿桓卻才剛剛睡著呢。」語畢，小周指向阿桓睡著的床上，在阿桓的頭上有一個像天使一般的光圈。

「走吧，我們去阿桓的夢裡走走！」不待阿康回答，小周拉了阿康就去碰那個光圈，七彩琥珀般無瑕的光芒在光圈中心繞成漩渦如同一個小宇宙，一下就把小周跟阿康給吸了進去！

等阿康再次睜開眼睛，發現他們竟然回到了教室，而且是阿桓最怕的數學課。

「大家安靜！我要發考卷了！」數學老師用圓規咚咚的敲了敲講桌，站在教室後似乎誰也沒發現的阿康看見了座位上的阿桓不像從前那麼害怕，而是開心的等著發考卷。

「十號，一百分！」當數學老師喊到號碼，阿桓立刻興奮的跳起來，衝到講台去拿考卷。

「畢竟是夢嘛⋯⋯」

「但這也表示阿桓其實也很想考出好成績給媽媽看啊？」小周微笑，一彈指空間瞬間凝結，然後小周將指頭逆時針轉了轉，教室裡的所有人動作立刻倒帶回到發考卷之前。

「你的願望就是阿桓得到報應？」小周說著，講台那邊數學老師繼續發考卷，但念到十號時面色卻變得非常凝重。

「十號同學，零分！」阿桓走到講台的步伐變得極其沉重，甚至阿康還瞥見阿桓掉了兩滴眼淚。

小周一彈指，阿桓的夢裡時間就又再次暫停，所有人的動作一動也不動。阿桓的動作則停在接過考卷，彷彿心碎的一刻。

「欺負你的人難過了，你有比較開心嗎？」

阿康想起阿桓書桌上寫到一半的作業，猶豫了之後搖搖頭。

「那麼我再多給他一點報應好了？」小周神仙一彈指，數學老師瞬間變成一條大火龍，隨即就要把在他面前的阿桓給吞掉！

「不要！」意外的，阿康幾乎是想都沒想就從教室後面衝到講桌旁，張開手擋住在大火龍與阿桓之間。阿康想都沒有想過，一直被大家覺得膽小的他，竟然在教室裡所有人都害怕尖叫時，唯一衝到阿桓前頭想要保護他的人，而阿桓跌坐在地看著阿康瘦小的背影一邊發抖一邊讓大火龍不要欺負他的朋友。

這是阿桓的夢，但阿康哭了，阿桓也哭了。

只有小周笑著，一彈指七彩琥珀的光芒迸發，湮沒了在教室裡的所有人！

阿康再睜開眼睛的時候，又回到了阿桓的房間。阿桓雖然睡著表情好像有點掙扎，但隨即竟然露出了甜甜的笑。

小周神仙也甜甜的笑。

「火龍就要吃掉你最討厭的人了，但你怎麼保護他？」

阿康看著自己的雙手：「我不知道，身體自己動了……」

——「阿康你不知道的是，其實你並不討厭阿桓。」

——「阿康你不知道的是，你討厭的是總是出錯，讓阿桓可以取笑的自己。」

——「神仙保鑣公司並不幫你去欺負其他人，而是教你學會贏得別人的尊重，當你做好自己就不會有人想欺負你。那就是我們神仙給你最大的保護。」

拉著阿康上船要回到家裡時，小周最後問了阿康一個問題：「阿康覺得當你在學校哭得那麼慘時，是誰在桌上放了一瓶飲料來安慰你呢？」

「阿桓？」

「好像就是其實沒錢喝牛奶長大，卻長得很高的阿桓呢。」

小周神仙說，那瓶飲料是阿桓用隔天的早餐錢買的。

阿康這次搭船不待在船頭了，一直在船尾望著漸漸遠去的阿桓家，想著正熟睡的阿桓，想著小周神仙告訴他的每句話。想到剛剛在阿桓夢裡，他發現自己原來也是可以保護人的那個人。

小周神仙哼著歌。祂沒告訴阿康，醒來後阿桓將會記得這次的夢。阿康這次的勇敢會像種子一般在阿桓的靈魂裡發芽，記得那個擋在火龍前想要保護他的瘦小背影。

瘦小，卻無比巨大。

．

阿康和阿桓後來變成了真真正正的好朋友。

在班上同學眼裡，阿康變得勇敢許多，做事更細心不容易犯錯。下學期還當選了班長。

「今天的數學功課我幫你做？」

「抱歉，昨天太晚睡實在沒時間做功課。」

「以後我用下課時間教你數學，我們放學前就都把數學功課做好吧！」

這是某天早休阿康與阿桓的對話，不久之後，聽說阿桓也開始變得常常數學拿一百分，而不是只有在夢裡才能做到。

說到夢。阿康後來去到後山，卻再也看不到神仙保鑣公司，只剩下一座小廟在原地。

「神仙拆房子也滿快的呢……」阿康傻傻的說著，合掌向小廟拜了拜，在小廟前放了三大包的旺旺仙貝。

「謝謝神仙保鑣公司。」阿康轉身離開，離開時臉上掛著的是他這輩子最燦爛的笑容。

——本文榮獲二〇一八年台中文學獎童話組第三名

編委的話

● 曾芊華

我覺得故事主角阿康其實不需要小周神仙的幫忙，如果一開始他夠堅強勇敢，就不會被阿桓欺負了。當然，作者故意把阿康先寫得很脆弱，一定有道理。

● 楊子函

我真希望也有個神仙保鑣來保護我。故事裡也讓我學會如何贏得別人的尊重，我們不能總是看別人不好的地方，而忘記他曾對自己的好。這篇童話還巧妙的把零食「旺旺仙貝」加進去故事情節裡，點子幽默也能引起共鳴。

●趙芷語

凡事不要只看表面，看人也要看內心，像有些人外表會故意裝得堅強，內心其實很脆弱。究竟什麼樣的人需要被保護呢？這篇童話拋出的問題值得思考。最後小周神仙說的話：「神仙保鑣公司並不幫你去欺負其他人，而是教你學會贏得別人的尊重，當你做好自己就不會有人想欺負你。那就是我們神仙給你最大的保護。」記住這句話，我們身邊就有神仙了。

讓色彩再現的灰階國 ／許亞歷

◎ 插畫／李月玲

作者簡介

一九八四年出生。曾獲台北詩歌節影像詩優選。著有散文圖文集《這個．世界．怪怪的》。現為自由教育工作者。

童話觀

童話是陪伴兒童、照顧大人的文字。伴著孩子觀看世界的多樣，長出種種能力；同時也照顧著成人心中仍持續長大或早夭的小孩，告訴他：「你已經是很好的人了！」書寫的時候，我的確是一邊想著教學生活中的孩子們，一邊這麼和自己對話的。

智慧獸威斯頓在《異國奇聞大全》最末附錄的〈消失國名錄〉裡，讀到一個可愛的國名——「調色盤國」，他翻出地圖對照，發現這曾經坐落在怪獸國西南方的國家，其實並未真正消失，為了更詳實了解，威斯頓背起行囊，前往「調色盤國」的現址。

一抵達目的地，威斯頓便引起不小的騷動，灰撲撲的人們包圍他，貼在他跳動著綠色光波的眼睛前好奇打量。威斯頓鎮定著心情，從人牆縫隙望出去，後頭是一片被白黑灰占據的世界。是的，這裡就是調色盤國——不，現在該稱呼為「灰階國」！

「請各位借過一下，謝謝！」一位斜戴鐵灰色貝蕾帽的老人擠開人牆，來到威斯頓面前，「您好，我是灰階國最年長的畫家秀啦，您是怪獸國的前任長老嗎？我曾看過『長老選拔』的國際新聞報導，對您三眼的色澤變化印象深刻，現在親眼見到這麼鮮活的綠色，真是太感動了！」秀啦一開口就停不下來，威斯頓便隨這位比他年邁許多的畫家步行，沿路聆聽調色盤國與灰階國的故事。

七十年前，調色盤國曾是最繽紛、彩度最飽滿的國家，就連怪獸國邊界的山茶樹林，朝著西南方開的花不知為何總是格外鮮豔。但在保守拘謹的新任國王繼位後，發布全國物品只能使用白、黑、深淺灰色的命令，那陣子，一批又一批的垃圾車滿載五顏六色，駛進掩埋場與焚化爐。起初有如辦主題派對，賣場湧入採買符合規定的衣物、家用品的人潮，洋溢新鮮奇趣的氣氛；隨著樓房、街路設施刷上新漆，黑白灰漸漸蔓延，人們暗自慶幸：幸好還有藍天、小黃狗、綠油油的草地。

老畫家秀啦打開畫室大門，一邊為這段歷史收尾：「大家沒想到的是，有一天，連大自然也放棄了這塊土地，將色彩全面收回，調色盤國從此更名為灰階國。」

「假如每個觀光客都留下外來物品，是不是就能把色彩一點一點帶到灰階國了？」面對威斯頓的提問，秀啦伸出灰色雙掌，盯著指節上的黝黑紋路，「你看，只要待上一段時間，任何物品、連我們的身體也會逐漸褪色。」

這真是太悲傷了。智慧獸威斯頓從來沒有一次旅途那麼備感無力。他想起怪獸國聲藏館的聲音檔案曾全數遭竊，全國陷入一片寂靜，後來仰賴大家摹寫聲音印象，成功讓聲音重現。可是，現在這裡的居民大多在改制為「灰階國」後才誕生，對於「顏色是什麼」毫無概念，就算是經歷過「調色盤國時期」的人，也只記得五顏六色的美好，難以準確描述色彩的特質，究竟該怎麼讓他們感受到色彩呢？

老畫家撫摸擱置多年的畫具，和堆在牆角已分辨不了當初使用哪些顏色的畫作，嘆息：「我懷念那些繽紛，每一種色彩從雙眼進入我的生命，打開心門，勾動種種感受，豐富了我的生活。不像現在……」這番話反而為威斯頓指引了方向，他的三顆眼睛終於又閃爍著靈光乍現的黃光。

第三天，畫室擠滿了灰色人群，大家簇擁著威斯頓、秀啦及另外兩位長者。「能察知顏色是來自視覺的捕捉。雖然想對沒見過色彩的大家重述顏色，幾乎不可能，但是，我們能打開其他感官，以『移覺』的方式，透過聽、嗅、味、觸覺體會，描述顏色帶給我們的感受或營造的情境。」威斯頓開場完，秀啦率先發言：「那讓我們先從紅色開始吧！我熱愛紅色，特別是秋風裡，滿樹楓葉竊竊私語，沙沙沙、沙沙沙，講著紅色的情話。我拿起畫筆寫生，紅色筆觸在畫布上唱著歌，沙沙沙、沙沙沙。完成畫作後，我會滿足的搔搔畫家帽，手上的紅顏料也順勢抹上去，像是風從畫中吹落兩片楓葉，停降在帽上！」

一旁的老廚師接話：

「我也愛紅色。早晨，我採收還沾著露珠的辣椒，那濕潤的紅色握在手中光滑又冰涼。隨著切剁，廚房瀰漫著辛嗆，彷彿引爆了一枚紅色煙霧彈。將碎椒與調味料拌勻後，只需半匙鮮紅，便有如火球入喉，一路灼燒到胃腹。待熾熱退去，留下的是通紅的雙唇，與口中的溫潤回甘。多麼迷人、層次豐富的紅色啊！」

輪到另一位長者開口：

「我想說說黃色。小時後，我最愛觀察剛出生沒多久的小雞抖擻著一身毛茸茸的嫩黃，牠們在田埂上探險，踩過濕軟的土黃小路，直到太陽冷卻為橙黃，才乖乖回到窩裡休息。晚風輕拂，檸檬黃的月光中流淌著一股沁涼的清爽。是這些黃色為我構築快樂的童年。」

這時，秀啦的鐵灰色貝蕾帽起了變化，浮現兩抹

紅色印痕，接著，整間畫室像被施了魔法，紅顏料、黃顏料、紅鈕扣、黃窗框……，在一片灰黑中，紅色和黃色的事物顯耀而出！喝牛奶的小孩忍不住發話：「白色，我喜歡白色。白色是熱牛奶沾在嘴角，溫暖又甘甜的顏色。」即使原先就存在，白色事物卻也像經由這句話，重新在這世界誕生般，變得更加柔和純淨。

滿室歡笑裡，威斯頓和老畫家秀啦打算晚點再說說藍色，等紅、黃、藍三原色都到齊了，將能調出紛呈的色彩。那時候，〈消失國名錄〉和地圖勢必要修改一番，灰階國也將走入歷史，迎向新的繽紛時代。

——原載二〇一八年九月《幼獅少年》第五〇三期

編委的話

● **曾芊華**

「灰階國」，光聽這個名字就很吸引人想讀下去。讀完之後也學到很多和畫畫，和色彩原理有關的知識。我覺得這世界本來就應該是彩色的，要永遠像彩虹一樣美麗才好。

● **楊子函**

這篇童話應該是作者系列童話中的一篇，我們跟著遊歷了奇奇怪怪的國家，幻想色彩濃厚，調色盤國發生了一些事故從此更名為灰階國，灰色絕對是讓人不舒服、不喜歡的顏色，所以大地因此變得悲傷。

● **趙芷語**

從來沒想過如果世界只剩灰色，會讓人多麼討厭、多麼憂鬱啊！還好還有一個老畫家秀啦出現，讓灰階國恢復多彩多姿的美麗樣貌。

學當保母的國王 ／洪國隆

◎ 插畫／吳嘉鴻

作者簡介

家裡的田都這樣：一季紅豆；一季稻米；一季休耕。

休耕期空閒多，人也跟著懶了，連拿筆的力氣也沒。

偏偏每年紅豆開花、稻米結穗——忙得分身乏術時，「國王」最喜歡這陣子來鬧我。曾是教師，現當農夫。

著有《竹筍炒肉絲國王》、《沒見過火雞的國王》。

童話觀

從小一直期望長大後，能到美國國家廣播公司（NBC）工作，因為這公司製作一系列我最喜歡的《頑皮豹》卡通。

長大後發現這心願簡直是「不可能的任務」，還好我已看過所有的頑皮豹影集， 並在寫作時，偷偷的把頑皮豹放入我的童話裡。嘻。

有次國王騎馬回城，看見民家前有個人赤膊挺著大肚，在梧桐樹下午睡。

過了不遠，國王覺得有些怪異，於是「倒馬」回到樹邊。

國王並非被自己騎的馬能倒著走嚇著；也不是樹下的人下巴那綹好看的山羊鬚；而是那人大大的肚腩上，趴著一個兔子般大小的嬰兒。

兩人睡得深沉，不僅呼吸頻率相同，長相也差不多。

「真是爺、孫哥倆好！」

國王羨慕的說。

這個影像，讓國王在不久的六十歲生日當天，下了一個重大決定，這個決定聞所未聞，肯定是盤古開天以來，第一個這麼嘗試的國王。

國王六十歲壽辰當天，眾孫子依序向國王爺爺行禮。

第一百九十八位孫子敬禮後，司儀說：

「我們國王的第一百九十九個孫子，將在下個月出生。」

現場響起如雷掌聲。

國王高興極了，但突然間，樹下的爺、孫影像，無預警的浮現腦中。

「孫子這麼多，沒一個我喊得出名字！」

「每天和各國國王握手打交道，我卻不曾抱過自己的孫兒。」

「文武百官的嗜好，我瞭若指掌，自己的孫子喜歡吃什麼，完全不知道。」

國王腦裡「噹———」一聲：

「就這樣了！」

怎樣呢？

在六十歲慶典結束前，國王當著外國元首、貴賓、大臣面前，宣告了轟動武林、驚動萬教的事：

「我要學當保母，要親自照顧我那第一百九十九位孫子。」

慶典結束。

問題來了。

孫子那麼容易帶嗎？

隨便就可當保母嗎？

要人教教吧！

隔天，宮裡送來籤筒。

國王抽中上上籤——嚴格、凶悍排行榜上都常年保持第一的保母。

怎麼稱呼這將來的老師呢？

「一日為師，終身為母，好！就這麼叫定了——」國王高興的喊：

「保母娘。」

國王乖乖不敢動，聽著保母娘學前叮嚼：

「幼兒無法自主，完全受人照料，當個保母，要隨時注意，疏忽不得，如果幼兒受到不當照顧，那——」保母娘當著國王的面，「就算國王，與庶民同罪！」

「是！」國王大聲回答。

國王的保母學習之旅展開。

我們運用縮時技法，檢視幾場比較特殊、有趣的片段，看看國王學當保母的情況——

「國王，幼兒膝蓋上有傷口要這樣處理，知道嗎？」保母娘示範擦藥、包紮。

「嗯！這個簡單！」國王心裡想。

當初國王率軍衝鋒，敵人迎上一刀過來，正中國王右腳膝部，鮮血直流，但，這時能退嗎？

也不知流了多少血，國王騎著腿上同樣也中了一刀的愛馬，指揮若定，最後把敵人趕出了山谷……。

國王陷入回憶中。

「……擦藥前手心、手背、手指縫、指甲縫、手腕要洗淨……，傷口由內螺旋往外擦……，棉布橫向、平行封閉傷口……」保母娘在「練習寶寶」的膝蓋傷口上操作了一次。

「換你了，國王。」

「啥？」

國王似乎還沒醒來。

國王拿起皂塊，沒有玩過，越玩越起勁，不久，屋子內飄了滿滿的泡泡。

最後國王在練習寶寶的傷口上，貼了個又大又明顯的叉叉。

「這是箭靶嗎？」保母娘兩眼一睜，雙手也比了個大叉叉。

……

「週歲時，加餵果丁，補充營養，也可讓嬰兒學習咀嚼。」保母娘教國王胡蘿蔔切丁。

保母娘取出煮過的胡蘿蔔，削皮切片，去邊對齊作成細條，最後再細工切成螞蟻般大小的丁塊。

看到刀，國王興奮了起來。

「這輩子就會舞刀弄劍，這難不倒我！」

國王使用過柳葉刀、刺刀、獵刀、匕首、鍛花獸骨直刀、蝴蝶甩刀、指尖陀螺刀，甚至有名的關公大刀，也耍弄過，那一回最有趣了，喝了點酒，眾人在王宮前庭……。

國王一想起往事，臉上掛著微笑。

「就是這樣！」保母娘秀了整齊如一的胡蘿蔔丁塊。

「換你了，國王。」

「啥？」

國王拚命回想保母娘的交代及動作。

「好像是這樣，咦，不是，哦，對了，啊，不管了！」

國王前後、上下、左右、遠近觀看，像那麼一回事的舞弄一番：

「好啦！」

「這是——」保母娘不看不知道，一看嚇一跳，「你還真有才呢！」

國王雕出一隻胡蘿蔔老鼠。

……

「現在要學的，是重中之重，難中之難。」保母一臉嚴肅。

「是什麼呢？」國王問。

「幫寶寶洗澡！」保母娘加重音調說。

「國王學過教小孩洗手、大小便、玩麵粉糰；如何跟小孩說故事、急救、洗臉、口腔清潔等幾十項。總的說來，國王您做得不算好——」保母娘語重心長的說，「是不夠專心。」

國王馬上立正站好。

「今天為嬰兒洗澡更不能出錯，特別是口鼻不能碰水，若犯了錯，將前功盡棄，只能從頭學過！」

保母娘要國王放亮眼睛，看仔細——

托住嬰兒頭、頸、臀，胸腹拍水，將嬰兒輕放入水中；另一手以手掌抓住嬰兒臂膀及腋下，前臂支撐嬰兒頭、頸；把皂塊搓揉起泡，擦抹身體，再用紗布清洗乾淨。

「要翻身了，注意！」

保母娘雙手虎口抓住嬰兒對側臂膀及腋下，用力一提，讓嬰兒趴在右手前臂上，左手扶住嬰兒雙腿，洗淨嬰兒背部……，然後翻正身體，環抱到平台

浴巾上，擦乾。

「太神奇了！」國王發出驚呼。

保母娘好像變魔術一樣，快速俐落，出神入化，國王就要鼓掌叫好。

「換你了，國王。」

「啥？」

國王這次搞砸，不是分心，而是太專心了；因為太專心，以致分心了。

國王把保母娘示範的幾十個動作，一一牢記，只是這些動作並沒連成一條線，而是各自當王，全擠在國王腦子裡，爭著想登場。

國王走向浴盆。

想到稍有犯錯，將要被打掉重練，國王慌了。這時手上的練習寶寶，像濕潤的皂塊一樣，突然滑手，朝水盆掉下。

國王一急，縱身伸手，在寶寶落水前的剎那抓住雙腳，往上一提，寶寶被拋向空中。

好大好大的水花——國王落在水盆裡。

保母娘張開雙手，準備接著從天空掉下的寶寶。

「啊——」幾個人同時大叫。

……

宮內傳說國王學習為嬰兒洗澡那次，喊得最淒厲的，是被拋半空中的練習寶寶。

——原載二〇一八年十一月十四～十五日《國語日報．故事版》

編委的話

●曾芊華

看到國王幫小孩切蘿蔔時，把蘿蔔切成老鼠，很嚇人！但是看到國王幫小孩洗澡時，把寶寶拋向空中，害寶寶叫很大聲，實在很搞笑。國王的性格被作者描寫得很生動逼真，他真的不適合當保母。

●楊子函

我很喜歡這篇童話的創意，印象中當保母都是女生，沒有男生，更何況是高高在上的國王。但這個故事的國王竟然想當保母，雖然他一直出錯，可是不斷學習的精神，啟發我們現代男女性別是平等的。

●趙芷語

故事裡的國王想當保母，但都不好好學就說難，笨手笨腳的，作者應該是以一個凡事三分鐘熱度的人來當作範例寫成故事的吧！最後的結尾很爆笑，卻更能說服我們國王真的是粗魯的大男人，需要再好好訓練學習呢！

露菈公主 ／鍅九九

◎ 插畫／蘇力卡

作者簡介

沒有受過任何專業的寫作訓練，開始動筆後，發現書寫童話表面看起來簡單，但實際卻是門技術活。

Mail：flower99hana@gmail.com

童話觀

悲傷的事可以在童話中得到化解，治癒心中的傷口。

快樂的事透過奇幻的濾鏡後是比夢還精彩。

夜色低垂，讓原本亮眼的紅色塔頂看起來有些深沉，一頭巨蜥正趴在塔門邊睡著。塔頂似乎有個人影，他遙望著天空，輕嘆了口氣。

1

茳國境內，一名穿著獵裝的少女獨自走入街角的酒吧。門可羅雀的酒吧氣氛有些淒涼，櫃檯邊，酒保正在打盹。

「請問，這裡是不是有免費仲介賞金獵人任務？」露菈拿起水壺倒了杯水。

被驚醒的酒保顯得有些生氣，但看見她腰間的短刀時，眼睛卻瞬間亮了起來。刀柄上烙著一朵蒲公英，那是蓎國皇室的象徵。

看來，這名少女是蓎國的公主——而且還是頭大肥羊。

酒保搓手道：「你想承接多少賞金的任務？」

露菈低頭數著手指，她身上有五十枚金幣，不算太缺錢，先接個十金幣的任務吧。

酒保露齒笑了一下，搶在露菈開口前說道：「提醒你，我雖是免費仲介任務，但這裡一杯開水要四十九枚金幣喔。」

露菈瞪大眼，差點把口裡的水全噴出來！

「飲料價格全都透明公開。」酒保指著牆上的價目表。

唉，看來這就是酒吧生意差，還能生存的原因，但剛剛明明沒看見價目表啊！

露菈垂著肩，從錢袋抽出一枚金幣，並將剩下的全倒入酒保掌心。

酒保嘴角上揚，交給露菈一張任務卡，道：「祝你好運。」

2

任務：把關在紅塔裡的茲國王子帶出來，若是成功，可以得到一百枚金幣。

露菈打了個呵欠，「這不曉得又是哪個無聊巫婆幹的。」童話故事裡的邪惡巫婆，總是為了芝麻小事把人關起來，要救出王子，當然得先摸清巫婆的底細。

露菈一邊盤算一邊鋪好睡袋，信心滿滿的進入夢鄉。

次日一早。

「請問你們這裡有巫婆嗎？」露菈趁著買早餐，向攤主打聽。

攤主搖搖頭，「我家在這裡住了三代，從沒聽過巫婆。」

露菈吃了一驚問：「那王子是被誰關進塔裡？」

攤主聳聳肩，他只聽說自從國王宣布要提早傳位後，王子就沒再出塔，且不知從何時起，塔門邊還多了一條巨蜥守著。

「國王老邁，早就無法處理政事，我們也挺擔心王子若不早日繼位，恐怕會引起他國覬覦。」攤主將麵包交給露菈，「不過後來發現，事情沒那麼嚴重，因為攝政官將國家打理得比以前更好。」

「攝政官？」露菈覺得事情並不單純。攤主耐心解釋，原來攝政官是王子的堂弟。

露菈將心中的拼圖一片片接合——看來，這個攝政官就是囚禁王子的頭號嫌疑犯。

「宮廷鬥爭真是可怕啊。」露菈擬好計畫，決定好好探查紅塔，再往下打算。

3

「奇怪，這裡已能看到紅塔，但為什麼沒瞧見傳說中的巨蜥？」露菈隨意攔住一名路人，問：「嘿，你們說的巨蜥在哪？」

路人一臉疑問，比著紅塔說：「不就在那兒？牠每天上午都盤蜷在塔頂晒太陽呢。」

露菈皺了皺眉。奇怪，只有她看不到嗎？

路人好心的提醒：「雖說那頭巨蜥不會隨意攻擊人，但還是別太靠近，上回國王派了精兵想救出王子，結果百兵潰散，沒人能將牠拿下。」

露菈向路人道謝，心中的疑竇揮之不去。

愈接近紅塔，街上的行人和商店就愈少，最後路上只剩露菈一個人。她將腰間短刀抽出，警戒提防著四周。

眼前的紅塔沒什麼特別，露菈正盤算著要怎麼闖入，瞥眼卻看見一隻壁虎站在鎖頭上張牙舞爪。

露菈收起短刀，問：「你說，我不可以進去？」

壁虎點點頭，揮揮前腳，傲慢的驅趕著露菈。

露菈沒打算正面對決，立刻舉起雙手投降，往後退了一公尺。

壁虎惡狠狠瞪著她，轉頭不再理會。

露菈繞到附近的水溝，不久提著一只網袋回來，網袋裡裝了滿滿的蒼蠅。

「要不要嘗嘗？」露菈賊賊的笑，夾起一隻肥蒼蠅到壁虎嘴邊。

明明心知不妙，但望著眼前的美味珍饈，實在難以抗拒，咻——壁虎舌頭一捲，一口將蒼蠅吃了。

本以為露菈會趁機開口要求，沒想到她只是甜笑，說明天再抓些不一樣的蟲來。

這麼飽餐幾天，壁虎對露菈的好感度大增，當露菈再開口時，牠立刻認真的回答。

「人們都說這裡有一頭巨蜥守著塔，牠在哪裡？」壁虎鼻孔哼氣，挺了挺胸膛，表示露菈說的就是牠。

露菈無言的望了望天，再問：「我真的不能進去嗎？」

壁虎點頭。

「我只是想救王子出來。」壁虎擺擺手，表示王子不需要人救。

4

「所以……你是在這裡保護王子，不是把王子困在裡頭？」露菈驚訝的說出懷疑。

呃，難不成王子是傳說中的宅男？

「那，讓我進去看看他，如果他不肯出來，我也不強迫。」

壁虎歪著頭思考了一會，身子一扭從門縫鑽了進去。只見木門震動兩下，緩緩向外開啟。

塔裡沒有樓梯，壁虎爬上露菈肩頭，指指前方，那裡有一道繩梯，可以供她攀登而上。

繩梯難爬，但對露菈而言不算什麼，頃刻間就到了梯頂。繩梯掛在一塊平台的邊緣，平台上還有一小段階梯，盡頭是一道門。

「是誰？」門後傳來清亮的少年聲，看來應該就是茲國王子了。

「我是賞金獵人露菈，來帶你出紅塔。」

王子清了清喉，「小虎讓你進來的？」

露菈瞥了眼肩上的壁虎，說：「是。」

王子嘆了口氣，既然通過小虎認可，應該對他沒有威脅。

空氣一時間寂靜下來。

「你主人這麼難聊嗎？」露菈也嘆了口氣，向小虎說道。

露菈對著門不停勸說，要王子出來聊聊天嘛，就算不出來，也多少說幾句話，不然她快悶死啦！

只可惜，王子就這麼一直在房裡，而且也不說半句話。

露菈累得打盹，背靠著門睡去，隱約中覺得，王子似乎也走到了門邊，抵著門坐了下來。

就這樣，兩人一個在門後，一個在門前，耗了好幾天。

某天早晨，剛睡醒的露菈發現腳邊多了幾枚銀幣和一張紙條，字條上頭寫了：乳酪、奶油、糖。

她搔搔後腦，搞不懂王子要做什麼。

5

露菈照著字條買了一袋食材回來，敲了敲門。

「請進。」

大門緩緩打開，眼前的王子穿著粗麻斗篷，腰上繫了幾只小壺，插著不同種類的花草。

這是草本師的打扮，專研草木野花，行旅各地。

王子接過食材，依序倒入碗中攪拌。不久，他捧著一碗點心：「生日快樂。」

又驚又喜的露菈一臉疑惑，「你怎麼知道？」已經很久沒有人幫她慶生

了……

「你昨晚說夢話。」王子將點心遞給露菈，說道：「我們這裡的人，生日都得吃這種點心。」

眼前的點心綠綠的、稠稠的，看起來很特別。露菈迫不及待嘗了一口，哦——味道奇怪得讓她全身細胞差點死一半！

「這是海腥草口味，對身體很好。」看著露菈緊皺的眉頭，王子忍不住大笑：「你要把點心吃完，我才把自己的事說給你聽。」

「吃就吃，誰怕誰！」露菈捏著鼻子，賣力將整碗點心吃光。

兩人靠著窗邊對坐，關係好像也更近了些。

「你不是公主嗎，為什麼會出來當賞金獵人？」王子指著露菈短刀上的蒲公英徽記。

「父王要我用自己的雙腳見見世面，在孤獨中學習成長，訓練自己的能力。」露菈嘆氣，「我得靠自己賺一百枚金幣，才能回國。」

如果王子願意隨她離開紅塔，她就能回家了。

「唉，我父王和你父王完全不同，他只想幫我決定任何事。」王子娓娓道出自己的故事：「從我懂事以來，父王便要我接掌這個國家，偏偏我對王位沒有任何興趣。」

「所以……你就把自己關在這？」

「一開始是父王要我好好待在塔裡反省，」王子無奈，「後來，我漸漸覺得與其接下王位，不如待在塔裡輕鬆，乾脆避門不出。」要不，他早就能拿到草本師執照，一圓夢想到各國搜集植物草藥。

王子說：「堂弟比我更有資格登上王位，若父王願意傳位給他，我就能離開了。」

露菈只聽過兄弟為了爭奪王位相互殘殺，還沒聽過有人不想當國王，把自己關起來。

兩人沉默不語，過了會露菈又問：「對了，為什麼大家會把小虎看成巨蜥？」這才是她最好奇的事。

「我進塔後，將小虎褪下來的皮屑和火陀花混在一起燒，聞到煙味的人便會產生錯覺。」王子笑道：「你沒聞到，所以牠在你眼裡還是原本的大小。」

接下來，露菈日日都陪著王子植草養花。

王子每隔幾天便會要她再去買些乳酪、奶油還有糖回來，再撒上用各種植物混合成的調味粉，做成特殊風味的點心給露菈吃。

平凡的食材經過王子的調味後，竟美味得讓露菈舔盤子，王子看得笑在眼裡，然後反手在上頭加上海腥草，氣得她哇哇大叫。

除此，王子出人意料的博學健談，除了草木外，就連天文地理也略有涉獵，說起話來滋味豐富，讓人忍不住想一直聽下去。

其實露菈對照顧植物不怎麼在行，但不知為何，這段期間竟也覺得很愉快。

6

這天，房裡的氣氛似乎不太一樣，原本多話的露菈顯得悶悶不樂。

王子想著該說些什麼有趣的來給她聽時，露菈竟搶先開口道出一段故事，說：「在來這裡的路上，我不小心跌進了山谷，無路可走，原以為自己死定了。但我不想放棄，試著徒手攀岩，爬了幾次又跌了下來，摔得屁股開花，最後雖然全身是傷，但也離開了那個鬼地方。」

看似閒聊，露菈真正想說的是：人生的路不只一條，但要開拓還是待在原地，只有自己能決定。

露菈沒把心裡話說出來，只是不捨的看著王子。

「你要走了？」王子終於查覺。

露菈點頭，她沒有能力把王子帶出塔，拿不到賞金，那只得趕快另尋出路。她雙目發紅的爬下繩梯，沒有說再見，因為很多時候說了再見，也不一定能再相見。

7

無論再怎麼不想，露菈終究離開了。

王子覺得喉頭好像哽著，卻什麼東西也嘆不出。

他在午夜時分離開紅塔，畢竟從塔裡走出來，是比從山谷爬出去容易多了不是嗎？

無人的街道看起來是熟悉又陌生，腳下是他快要忘記觸感的泥土地。

王子立足在叉路口思量，一邊是通往城門，另一邊則是通往皇宮，無論走向哪一邊，都沒有回頭路。

小虎爬下他的肩膀，往城門的方向過去，但牠不解為什麼王子沒有跟上。因為只要趁著守門士兵交接，或許可以逮到機會永遠離開茲國。

王子對牠搖搖頭，目前還擁有茲國王儲身分的他，私自離境恐會惹來麻煩，便招手把小虎喚回。

小虎無奈嘆息，既然如此，牠不懂王子為什麼要站在這裡想那麼久，便無聊的在兩條路之間，挖出一道淺淺的土痕。

「你開的這條路給螞蟻走剛剛好……欸！」王子雙眼猛然發亮，直到這時他才把露莅說的那個故事給想懂了。

他將小虎重新放在自己肩頭，邁開腳步往皇宮的方向走去。

8

露菈依然一個人，獨自走遍各地。過了大半年，有天在路邊聽見人們閒聊。

路人甲：「你聽說了嗎，弦國的新國王上任了。」

路人乙回：「不是幾個月前才有新國王？」

路人甲又說：「就是那個新國王，把王位讓給這個新國王。」

露菈聽得胡裡胡塗，腦子差點被對話繞暈。此時，肩上好像有什麼東西爬了上來。

「小虎！」露菈驚喜萬分，將牠捧到眼前。

更令她開心的是，她看見小虎的主人朝著這裡走來。

「我自己出塔了，真抱歉沒辦法讓你賺到賞金。」王子剛考上草本師執照，現在自由行旅，打算到各地搜集藥草。

「那我決定罰罰你。」露菈戳了王子的臉一下，「你陪我一起賺金幣，路上還得常常做點心給我吃——不加海腥草的！」

王子一臉苦樣，但其實十分開心。

公主和王子是否從此便會過著幸福快樂的日子，我們不得而知，唯一能確定的是，他們會是很好很好的朋友。

——原載二〇一八年五月《未來少年》第八十九期

編委的話

● 曾芊華

露菈公主勇敢又有智慧，她居然去當「賞金獵人」，挑戰男生都不一定敢做的事，遇到宅男王子的情節有點好笑，這個作者實在好幽默。

楊子涵

露菈公主一出場時是一名穿著獵裝的少女，這樣的描寫真的很帥氣，可見她不是傳統那種嬌弱如玫瑰的公主。也因為這樣與眾不同，故事結局王子與公主沒有幸福在一起，而是多了想像空間，這種安排是有新意的。

趙芷語

以前讀到的公主童話，公主幾乎都很柔弱，但這一篇的公主很勇敢，我們女生都應該學習她永不放棄的精神。

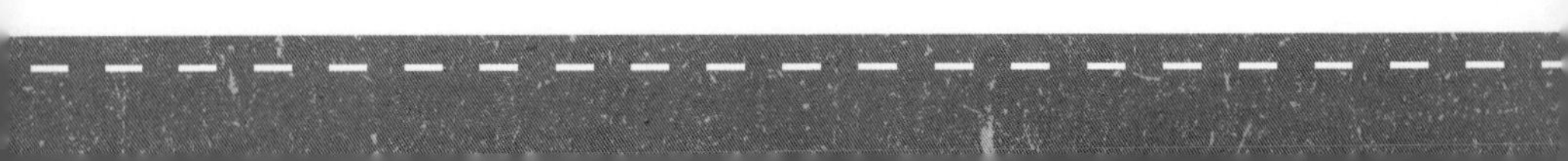

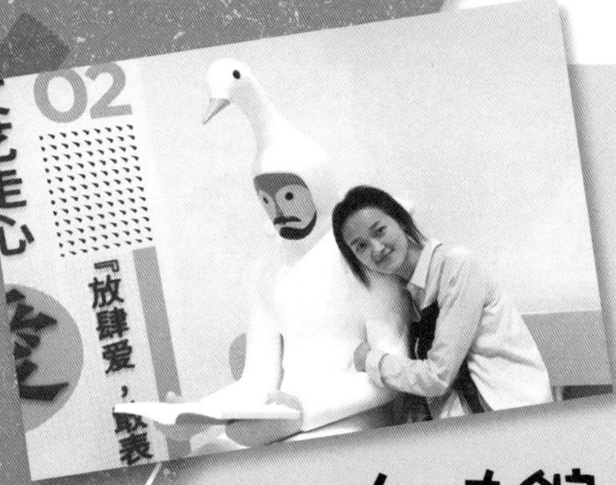

大使館奇妙夜／李　逸

◎ 插畫／吳嘉鴻

作者簡介

我是一個愛幻想的人。聽到風吹起塑料袋的簌簌聲，我會覺得好像腳邊有隻貓；看到水管停水，我會想到小老鼠用它作為合唱排練廳……想像不減，童心永存。

童話觀

我的童話分為兩種，一種是遠離現實生活的，二是與現實生活緊密結合的。我心中的童話也不全是寫給孩子的，很多時候，大人也需要治癒無趣的童心膠囊。

紅秋原使館的工作指導手冊丟了！那本由象館長寫在香蕉皮上的手冊裡記載著許多小貼士，比如——

當聽不明白倉鼠的語言時，可以請他們吐出貯存在嘴裡的食物。

蝙蝠在回答問題時總愛說謊，他們只會用超聲波說實話。

蝸牛沒有紙質的財產證明——因為他們的住房財產就背在背上。

……

大使館的員工們在遇到狀況時幾乎都能從手冊裡找到參考，儘管象館長更希望他們能隨機應變。現在手冊丟了，象館長也休假外出，這可愁壞了資歷尚淺的簽證官們。

僅僅一天，連最聰明的狐狸簽證官都出了不少紕漏。

在袋鼠一家入境時，他忘了登記袋鼠媽媽兜裡的隨行兒童，直到小傢伙好奇的探出腦袋張望才被發現；一隻螳螂姑娘總是聽不清狐狸在問什麼，狐狸只好提高音量，螳螂受到驚嚇穿上了保護色，過了好一陣子，緩過勁兒來的她才變回了原本的顏色，並第一時間打了個差評……。

「要不這兩天就不輪休了，大家都來上班吧，多些人總多些主意嘛。」狐狸無奈道。

四位簽證官一起工作後，順利多了，還總結出不少新的應急貼士。大家的心情都放鬆下來，看來，在象館長出門的這段時間是不會出什麼問題了，只要等他回來重新寫一份應急指導手冊，一切就回到正軌了！

就在此時，一個意想不到的客人出現了。

他長得可真——可真奇怪啊！小山一樣的身軀被一件斗篷罩住了；只露出長在頭頂上的一對足有芭蕉葉那麼大的眼睛，還冒著惡狠狠的綠光；斗篷下有好多條腿，每一條都是硬邦邦的，像是磚塊壘成的；最可怕的是，他的身上還盤著一條比碗口粗的大蛇，正從斗篷的領口處探出來，幽幽吐息。

看花紋，那可是紅秋原上毒性最烈的一種蛇啊！

「你們磨蹭什麼呢？我要辦入境手續。」「客人」的聲音時粗時細，像是捏著嗓子刻意說的。

貓頭鷹簽證官最先反應過來：「那請出示一下證件吧！」

「證件？沒帶！」

「要不……您回去拿一下，我們就在這裡等。」熊簽證官憨憨的說。

那可怕的客人似乎是惱了，連帶著他懷中的毒蛇也發出威脅性的吐氣聲，將那張碗口大的蛇臉越湊越近，露出了樹幹般粗細的腹部——這條蛇的肚子這麼脹，不會剛吃了紅秋原的居民或是其他遊客吧！

這恐怕是個強盜！四位簽證官對視了一眼，心裡暗暗有了主意。

熊猛地將他的零食馬蜂窩猛地朝不速之客扔過去，混亂間，貓頭鷹趁機掠過一座座燭台，將使館內的燈光都熄滅了。

「快住手啊！我……」強盜還沒來得及說完，便滑倒在狐狸布下的香蕉皮上，接著，便被銜著繩子左右騰挪的貓簽證官靈巧的綁住了。

簽證官們掀開了斗篷，不禁驚呼出聲：「象……象館長?!」可不是就是象館長嗎！大得不科學的「眼睛」是他塗了顏料和螢光粉的耳朵，「毒蛇」是象鼻偽裝的，噢，他竟然還在腿上套上了舊煙囪！

「館長，你不是去度假了嗎？」

「嘿嘿，我就是路過……看你們太辛苦了，放鬆一下……。」象館長佯裝淡定的站起身走了出去，心中卻在淚奔：唉，明明只是想扮做刁鑽的客人考驗他們，沒想到，這妝容似乎太誇張了，這一折騰，他的老骨頭好疼喲……。

象館長揉揉自己的老胳膊老腿兒，抬頭看看今晚的月色，又露出了一個十分幼稚的傻笑——雖然和心中的劇本不太一樣，但四位簽證官合作得很好也適應得很好呢，看來以後就不用那麼依賴被他藏起來的應急手冊啦！

——原載二〇一八年三月二十六日～四月一日《國語日報週刊》第一一九九期

編委的話

● 曾芊華

真實的世界中的大使館，平常的工作應該很忙碌，可是這篇童話裡的大使館可能太輕鬆了，所以才會發生事件吧！

● 楊子函

幾個故事主角和簽證官配合得非常好，所以不再依賴手冊，人常依賴某種東西，都是因為沒有安全感，就不敢去面對困難和挑戰了。

● **趙芷語**

從來沒參觀過大使館，不知道裡面的工作內容是什麼，剛好可以利用這篇童話來認識。不過主角是動物，增加了許多想像的趣味，還有一點點像偵探小說辦案的緊張刺激感覺。

卷二

快遞新鮮事

小松鼠的明信片 ／朱德華

◎ 插畫／吳嘉鴻

作者簡介

廣西作家協會會員，作品散見於《兒童文學》等一百多家優秀少兒報刊。著有《袋鼠媽媽生病了》、《兒童關鍵期成長教育繪本系列・做優秀的自己》等優秀少兒圖書。作品收入《小畫眉的歌》、《青蛙跳到月亮上》等多種圖書。

童話觀

命運不會辜負努力的人，歲月也未曾虧待過有夢想的人，寫兒童文學的作家自帶光，溫暖而透明，點燃了自己，照亮了孩子。而我呢，只為自己的內心、為孩子寫作，哪怕只有一個孩子，我依然走在夢想會發光的路上。

秋天來啦！小松鼠拉開粉紅色的窗簾，打開透明的玻璃窗……。樹上，隔年的老葉子會「噗塔噗塔」掉進來；牆壁上，小野花會「撲落撲落」飛進來；還有一些黑乎乎的花種子「窸窸窣窣」飄進來……小松鼠異常興奮的說：「哇！好多好多『秋天』哦！」

不只如此，小松鼠還在窗台上、書桌底下、角落裡，都撿到一張張顏色、形狀都不一樣的「秋天」，有深紅色的、咖啡色的、蠟黃色的、淺黃色的……。

小松鼠把這些五顏六色的「秋天」，夾在一本書裡面……。這麼多「秋天」光自己欣賞太可惜了。

於是，小松鼠帶著一張張「秋天」和一個黑色的小袋子，來到了風精靈的家：「風精靈，妳能幫我寄走這些『秋天』嗎？」

「可以啊！妳要寄到哪裡去呢？」

「我要寄給鄉下的老奶奶，告訴她，有隻小松鼠想念她了；寄給遠方的小猴子，告訴他，有隻小松鼠惦記他了；寄給愛收藏的小白兔，告訴她，這是大自然最好的藏品；寄給做貼畫的小鸚鵡，告訴他，那是製作貼紙的好材料……」

風精靈對一張張「秋天」施了魔法，「秋天們」變得輕盈起來，各自飄飛到要去的地方。

「妳的『明信片』已經寄了出去。」風精靈拍拍手說。

「還有這黑色的小袋子呢。」小松鼠拿出來時，小袋子已經癟了。

風精靈打開小袋子，發現裡面只有幾顆黑乎乎的花種子。原來，袋子上破了一個洞，那些黑乎乎的花種子不知什麼時候幾乎掉光了。

小松鼠急忙跑出去尋找，可是，一粒種子也沒有找到。

小松鼠傷心極了，他還沒來得及把這些花種子寄到花田裡去呢……。

過了秋天，又送走了冬天。風精靈來到小松鼠家，帶來老奶奶做的果醬麵

給小白兔
給親愛的老奶奶

包、小猴子做的果殼玩具、小白兔收藏的樹葉型筆筒、小鸚鵡做的樹葉貼畫，還有風精靈帶來的一束美麗的鮮花。

「風精靈，妳這花是從哪裡採來的？」

「我在來的路上採的，一路上到處都是……。」

哇，真的嗎？小松鼠急忙跑了出去。天哪，從風精靈家到小松鼠家的路上，到處都長著漂亮的花。這是怎麼回事？難道是那些從黑色小袋子裡掉出來的花種子變的嗎？小松鼠開心的笑了。

——原載二〇一八年五月十六日《國語日報．故事版》

編委的話

● 曾芊華

「秋天」可以寄，這個點子很美，小松鼠在風精靈的幫忙下把「秋天」送出去，收到的人都很開心。我想如果是我收到，也會很開心的。

● **楊子函**

我覺得小松鼠應該非常喜歡秋天，秋天的楓葉也很迷人，小松鼠送了很多「秋天」給朋友和家人，實在是很可愛又善良，所以才會得到那麼多回禮。

● **趙芷語**

懂得分享的人會快樂，而如果分享的是「秋天」，又是一件好浪漫的事啊！秋天不一定只會使人憂愁喔！

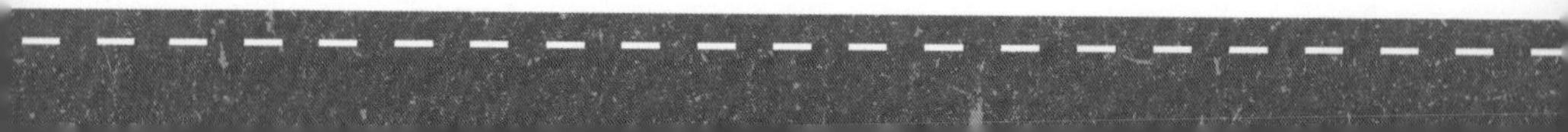

老師，屁股長蟲了 ／林哲璋

◎ 插畫／劉彤渲

作者簡介

家住高雄路竹，竹東里人，人長六尺四，四眼田雞，雞鳴不起常賴床，床前明月光打呼，呼朋引伴學人作文，文章時常萌稚氣，氣質適宜寫童話，話說筆耕十數年，年產作品二三本，本事不大食量大，大小讀者所知拙作——屁屁超人、用點心學校、不偷懶小學系列等。

童話觀

童話是最適宜從其中提取「語言的藝術、修辭的智慧、形式的樂趣」之文體，因為它自由、多變、無所不包。它是寓教於樂的教科書，是滑稽美學的活化石，是意在言外的智多星，是百無禁忌的猴齊天！

巫婆學校有位烏鴉老師，烏鴉老師當老師之前在幫人算命，算命時掛出的招牌上寫著：預言成真、鐵口直斷！

烏鴉老師當老師的第一個學期，班上轉來了新同學。

新同學上課時總是動來動去，一刻都靜不下來。

烏鴉老師見到新同學屁股一直扭，忍不住問他：「你是屁股長蟲嗎？」不說還好，經老師這麼一說，新同學真的從屁股後頭抓出一隻蟲。老師嚇壞了，學生驚呆了，新同學自己也看傻了。

烏鴉老師預言成真，新同學的屁股長蟲，大家便給新同學取了綽號，叫「屁股長蟲」君。

「屁股長蟲」君不久便獲得好人緣，因為有一節課因為需要觀察蠶寶寶，很多同學都忘了帶，「屁股長蟲」君就從屁股後頭拿出蠶寶寶分送大家，使同學免去了被烏鴉老師責罵的窘境，讓自己把握了受同班同學愛戴的機會。

還有一次，烏鴉老師上課上到一半，有蒼蠅飛進來繞著講臺轉。「屁股長蟲」君見老師一臉尷尬，立刻從屁股後頭抓出一隻蜘蛛，蜘蛛吐了蜘蛛絲，蜘蛛絲黏住了蒼蠅，蒼蠅再也不能糾纏烏鴉老師。烏鴉老師從此對「屁股長蟲」君睜一隻眼、閉一隻眼，不再覺得他扭來扭去這事妨礙上課。

拜烏鴉老師鐵口直斷之賜，無論是甲蟲、毛蟲、蒼蠅還是蚊子，都能從「屁股長蟲」君的屁股後頭長出來。有時候，家裡養蜥蜴的同學還會向「屁股長蟲」君要一些蟑螂回家餵；就連養蜜蜂的蜂農也跑來向「屁股長蟲」君要幾巢蜜蜂回去養……

學校的園遊會日，班上同學想不出賣什麼東西好，「屁股長蟲」君便自願提供商品。

他從屁股後頭拿出長得像「草」的蟲，據說是高級中藥材「冬蟲夏草」，在園遊會上賣了很多錢，為學校補充了不少建設經費。

漸漸的，烏鴉老師羨慕起「屁股長蟲」君。由於「活到老，學到老」是烏鴉老師的座右銘。因此，老師決定彎腰、低頭，向「屁股長蟲」君請教「屁股長蟲」的祕訣。

「屁股長蟲」君好心告訴烏鴉老師：「可能是因為我趕著看卡通，洗澡的時候洗很快，肥皂都沒沖乾淨，所以全身發癢，尤其是屁股，所以上課才會扭來扭去……」

烏鴉老師為了加速學會「屁股長蟲」的超能力，不但不把屁股洗乾淨，連衣服內褲都不洗。果然，一下子就全身發癢了。

但是，烏鴉老師雖然全身發癢、臀部猛扭，屁股仍然長不出蟲。

烏鴉老師又跑去找「屁股長蟲」君諮詢，「屁股長蟲」君想了很久才恍然大悟：「想起來了！我本來只扭屁股，是老師您對我說了『你是屁股長蟲嗎？』這句話之後，我的屁股才開始長出蟲來……」

「原來，我才是『屁股長蟲』魔力的關鍵！」烏鴉老師回家對著鏡子，一直催眠自己：「你屁股長蟲！你屁股長蟲！」

甚至，烏鴉老師還用小紙條做成「屁股長蟲」的標籤，貼在自己的額頭上。果然，經過這麼一折騰，烏鴉老師的屁股真的長出蟲來啦！

烏鴉老師想要試試自己的新能力，便跑到班上，用力一扭，出手一抓，真的從屁股那兒抓出了一隻蟲。

但那隻「蟲」卻把全班小朋友嚇壞了——那是一隻白額吊睛虎！

「怎麼會這樣？老虎不是蟲呀！」烏鴉老師傻住了。

「老師，昨天您唸〈武松打虎〉的故事給我們聽……」綽號小書蟲的班長翻開教室閱讀角落的《水滸傳》，提醒老師：「書裡武松把老虎叫做『大蟲』。」

接著，烏鴉老師又在屁股後頭抓癢，抓出一隻凶猛的爬「蟲」——「鱷魚」，把全班嚇得驚聲尖叫。

「老師不愧是大人，長出來的蟲都超恐怖！」同學們異口同聲，「屁股長蟲」君自嘆不如。

然而，尖叫聲還沒停止，老師再次因為屁股癢，從屁股後頭又抓出了一隻……遠古爬蟲類：恐龍！

「天哪！」同學奪門而出，老虎、鱷魚和恐龍都在後面追；連烏鴉老師也一邊扭屁股逃跑，一邊扯喉嚨呼救：「救命啊！我不要長出這種蟲啦！」

老虎、鱷魚和恐龍全追著師生在操場上跑，眼看就要被追上了。小書蟲班長落在最後頭，正要被虎爪抓住，「屁股長蟲」君急中生智，往屁股後頭一抓，隔空把小書蟲班長抓過來，讓老虎撲了個空。

嚇得半死的班長在「屁股長蟲」君耳邊說：「牠們追著我們跑，簡直是跟屁蟲！」「屁股長蟲」君聽了，心生一計，從屁股後頭抓出一群俗稱「放屁蟲」

的「椿象」，往後一丟。放屁蟲飛到三隻猛獸面前繞了一圈，放了連環臭屁，接著引開牠們，讓師生喘了一口氣。

「屁股長蟲」君透露：屁股上的蟲因為在屁股附近待久了，個個都喜歡聞屁、聞了屁就會跟上去，天生都有成為「跟屁蟲」的潛力……所以他才決定用放屁蟲當作誘餌，引他們離開人群。

「原來如此！」小書蟲不愧是愛看書、會動腦的小學生，馬上舉一反三，建議「屁股長蟲」君從屁股拿出——瞌睡蟲！「屁股長蟲」君有默契的向後一摸，往老虎、鱷魚和恐龍丟去。不一會兒三隻猛獸全倒地呼呼大睡，一動也不動。

睡著的老虎，和小貓一樣超可愛；睡著的鱷魚，和壁虎一樣「卡哇伊」；睡著的恐龍，和小雞一樣萌萌的。

危機解除！但烏鴉老師卻嚇呆了，任憑屁股再癢也不敢隨便亂抓，火速衝回家洗澡、洗衣服。

烏鴉老師還把所有催眠自己「屁股長蟲」的道具都丟掉。

過了好幾天，烏鴉老師穿上乾淨不發癢的衣褲、神采奕奕的走進校門。忽然有個小朋友匆匆忙忙、冒冒失失的撞上烏鴉老師。烏鴉老師被撞痛了，一下子脫口而出：「你眼睛是長在屁股上……」

烏鴉老師的話還沒說完，小書蟲班長、「屁股長蟲」君和其他同

學都衡上來搗住烏鴉老師的嘴巴：「老師，您別再製造怪怪的同學啦！」

——原載二〇一八年三月《未來兒童》第四十八期

編委的話

● **曾芊華**

第一次讀到題目和內容都好奇怪的童話，可是奇怪得太好笑了！「屁股長蟲」君的屁股居然可以隨時長出蟲，雖然也有點噁心，但又奇怪的吸引人一直往下讀。

● **楊子函**

「屁股長蟲」君這樣的名字聽起來就很搞怪，事實上他也很鬼靈精怪，鬧出不少笑話。這篇故事更有趣的地方還有把烏鴉老師寫得也不正經，讓人開懷一笑。

● **趙芷語**

我覺得那一個新同學好酷，因為只要老師說：「你屁股長蟲了嗎？」這位新同學就可以拿出一隻蟲，簡直是神奇魔法，超厲害的！這真是一篇爆笑又有新奇點子的童話。

小書包的回憶 ／管家琪

◎ 插畫／王淑慧

作者簡介

華文世界重要的少兒文學作家之一。一九六〇年出生於臺灣，祖籍江蘇。輔仁大學歷史系畢業。曾任民生報記者。目前在台灣已出版的童書逾三百冊，在中國大陸等地也都有大量的作品出版。曾多次得獎，譬如金鼎獎、德國法蘭克福書展最佳童書等等。作品曾被譯為英文、日文等，並入選兩岸三地以及新加坡的語文教材。

童話觀

我覺得童話（應該說兒童文學）最重要的特質就是要有童趣。童趣不是刻意搞笑，不是拚命哈人家的胳肢窩，而是一種渾然天成的天真。有了童趣做為基石，自然就會有想像。不必總是想著要教訓小朋友，童話還是應該力求文學性，而不是視為教育的工具。畢竟真正好的教育應該潤物無聲，講求身教，而不只是成天掛在嘴巴上。

兩位老先生、一位老太太被請到「生命重塑中心」。他們一出現在一樓門衛室，莫博士一得到通報，馬上就衝下去親自迎接，然後一邊嚷著「歡迎歡迎」，一邊就把三個老人塞進了電梯。

老人東看西看，都一頭霧水。兩個老先生紛紛說：「咦，這是哪裡？不是說要帶我們來看表演的嗎？」

只有老太太，很快便盯著莫博士，「你不是我們家阿寶的同學嗎？你來過我們家，我記得你。」

因為那天莫博士一整個晚上都在大放厥詞，胡言亂語，毫無時間觀念，一直賴著不走，影響了老太太的休息，所以她印象深刻。

不過，得知自己是被騙來的，三個老人倒也不生氣，都表示反正只要出來走走就好。老太太還說：「哈哈，以前阿寶小時候我也曾經說要帶他出去玩，結果把他送到補習班，一樣一樣！」

莫博士笑瞇瞇的說：「三位能來，我真是太高興了，因為這個實驗是專門為了老人家所設計的，老實說，原本是為了我的奶奶，但是很遺憾她在前幾年就走了，還來不及看到……」

三個老人一聽，頓時都感到應該義不容辭的支持這項實驗。

莫博士隨即拿出三個小巧可愛的粉紅色小書包，還有三盒空白的卡片，活像三盒空白的撲克牌。

莫博士把小書包和卡片都發給三個老人，一人一份，要求老人細細的回想過去，把所有發生過的好事和壞事一件一件全部寫下來。

「要特別著重童年，因為童年很關鍵。」莫博士叮嚀。

「然後呢？」老人們問。

「然後我們就可以進入到下一個階段——修改記憶！」莫博士豪情萬丈的說：「我可以把不愉快的記憶去掉，只留下好的記憶，這樣以後你們只要一回想過去就會非常愉快，那些陳芝痲爛穀子的破事就不會再讓你們煩心了！」

「這……」三個老人面面相覷，顯然意願都不高。

莫博士急切的說：「是真的，我已經對我爺爺做過這項實驗了，結果非常成功！他現在每天都非常開心！對了，他剛才也在警衛室，你們應該見到他了。」

三個老人一聽，都很吃驚，「什麼？剛才那個一直在衝著我們傻笑的傢伙就是你爺爺？」

「是啊，那些不愉快的記憶他通通都忘記了，現在自然就成天都很開心了！」

「可是……」老太太說：「他現在看上去像個傻子啊！」

最後，三個老人都拒絕參與這項實驗，原因不盡相同，一個說「過去的就過去了，還要我寫下來，我才不幹」，一個說「我就喜歡嘮叨以前那些不愉快的破事，要不然還有什麼好講的呢」，老太太則說：「孩子，你不明白，就是這些好事壞事的交織才成就了我們啊。」

說完，三個老人就走了。留下莫博士，在滿心不解的同時，決定要趕快再拜託別的同學把他們的爺爺奶奶給哄過來。

——原載二〇一八年十一月十日《國語日報．故事版》

編委的話

● **曾芊華**

阿寶他發明的東西好酷喔！可以把不開心的記憶刪除，留下來好的記憶不會不見，這樣的發明根本就像哆啦A夢，超神奇！

● **楊子函**

回憶有的美好，有的讓人想忘掉，小書包的回憶是開心的事，所以要好好珍惜。不過每個人對於開心的定義又可能不同，所以這篇童話就耐人尋味了。

趙芷語

希望每個孩子童年的回憶都是美好的，等到老了像故事裡的主人翁要回憶，就會滿心歡喜。

熊爺爺的煩惱

／鄭丞鈞

◎ 插畫／蘇力卡

作者簡介

台中東勢客家人。台大歷史系畢業，台東師院兒童文學研究所碩士。因為是客家人，所以寫了幾本有客家元素的故事書，因為大兒子是唐氏兒，所以也寫了幾本有關唐氏兒的故事書。作品曾獲九歌現代少兒文學獎、牧笛獎等獎項。

童話觀

童話裡的人物可以是宇宙萬物，不過這些擬人化，甚至是千變萬化的人物，仍是在故事的舞臺上，上演各種人情世故，所以好的童話仍和其他故事一樣，都可以呈現那種動人的感覺，讓人讀完之後，深深感動。

黑熊村的第一間圖書館要成立了，村民都好開心，熊爺爺當然也開心。

熊爺爺的資歷很深，他經歷黑熊村的很多第一次——第一批的開拓者，第一座跨河大橋，第一所小學……一直到現在的第一所圖書館。

其實黑熊村之所以被稱為黑熊村，就是因為熊爺爺的關係，大家感念他的付出，所以才如此取名的呀！

熊爺爺年紀大了，興建圖書館的工程大家不讓他插手，熊爺爺只好每天到工地繞繞，並提供意見：

「地基要打穩呀，這樣才不怕暴風雨呀！」

大家趕緊將地基再挖深一些。

「屋樑要架穩呀，這樣屋子才穩固呀！」

大家於是又小心翼翼的架穩樑柱，因為熊爺爺的話，句句是寶哇！

熊爺爺還每天將圖書館的興建進度，回去說給熊奶奶聽：

「圖書館的大玻璃窗裝好了，坐在窗戶邊看書、看風景，好愜意啊！」

「真好哇！」熊奶奶站在自家的大窗戶邊，她看看窗外說：「那景色一定和這裡一樣美。」

隔幾天，熊爺爺又回來說：「圖書館買了好幾張可愛又舒適的小沙發，以後小朋友可以坐在那兒看書、聽故事。」

「那一定很棒！」熊奶奶坐在家中的布沙發上，滿足的嘆了口氣說：「小朋友一定會很喜歡去那裡。」

又過了幾天，熊爺爺卻板著臉回家了。

「怎麼了？」熊奶奶問。

「新任的山羊館長買了一批新書。」熊爺爺冷冷的說。

「那很好哇！」熊奶奶說：「圖書館的書越多越好。」

「不好！」熊爺爺故意唱反調。

「為什麼不好？」

「因為館長還請大家捐好書，擴充圖書館館藏。」

「那很好哇！」

「一點都不好！」

至於哪裡不好，熊爺爺卻不願意說了。

接下來幾天，熊爺爺每天回來的第一件事，就是向熊奶奶報告誰捐了哪些書。

第一天是兔子家庭。

「他們捐了《兔子看世界》、《黑兔白兔都是兔》、《懶惰龜及努力兔》。」

「你把書名背得好熟！」熊奶奶讚美他。

「山羊館長一念完，我就把它們背起來了。」熊爺爺皺著眉頭說，臉上一絲笑容都沒有。

第二天，是老狐狸捐的書。

「他捐了《狐狸不是你想的那樣》、《狐狸不騙人》，以及《狐狸愛說笑》。」

「就只有這些嗎？」熊奶奶說：「我今天路過圖書館，見到那裡好熱鬧。」

「還有很多人捐書，只是我不想再記了。」

「為什麼？」熊奶奶問他。

熊爺爺苦著臉，不想再回應。

第三天，熊爺爺一口氣背了十餘本村民捐出的好書，背完後，悶悶不樂的他，躲到花圃整理花草。

隨著圖書館開幕的時間越來越接近，熊爺爺卻越來越不自在，甚至不願意再去圖書館。

更讓人猜不透的是，圖書館開幕的前一天，收到邀請函的熊爺爺，竟然不想參加第二天的開幕儀式。

「這樣不好吧！」熊奶奶說：「大家誠心誠意邀你去，你就應該出席，更何況，黑熊村所有的大事，你都曾參與過呀！」

「就因為我都參與過，所以我這次沒資格去了。」

「為什麼？」

熊爺爺賭氣不說話。

熊奶奶哄他、安慰他，熊爺爺這才說出他的心事：

「因為我沒有捐書。」

「又沒關係，那是自由樂捐呀！」

「我知道，只是這是我第一次沒法參與黑熊村的大事，所以我不想去。」

原來上了年紀的熊爺爺，是最早到黑熊村拓荒的村民，他來這裡時，年紀還小，每天除了墾荒，就是忙著對付許多意想不到的突發狀況，比如山洪暴發，或是森林大火，同時，他也經歷過很多不可思議的事情，比如被大水沖到地底的大洞穴，或是捕抓到奇特的野獸，甚至有人說，熊爺爺曾在黑熊森林的山頂遇過神仙。

也因為從早忙到晚，從小忙到老，熊爺爺沒時間讀書，也不識字，所以家中連一本書也沒，自然沒辦法捐出好書。

「原來你在煩惱這些。」熊奶奶眨眨眼睛說：「我有個辦法，我去找山羊館長商量，你先在家裡等我回來。」

熊奶奶回來後，她把她的主意說給熊爺爺聽。

「這樣好嗎？」熊爺爺疑惑著。

「我已經跟山羊館長說好了，他很贊成喲。」熊奶奶說：「這是黑熊森林的第一間圖書館，它已布置得美輪美奐，不去太可惜，你就答應吧！」

熊爺爺終於被說服。

第二天，熊爺爺懷著忐忑不安的心，與熊奶奶一同出席開幕式。

果然圖書館被布置得好美麗，除了原有的木屋造型外，門口還加上氣球拱門，而且每一扇玻璃窗，都掛上有小碎花的窗簾，看起來既喜氣又溫馨。

儀式開始後，山豬村長先致詞，接著是山羊館長，他介紹完圖書館的各項設施，及感謝的話語後，突然提到圖書館裡有一本很重要、很珍貴的書，他要大家猜猜看。

「是《狐狸愛說笑》！」老狐狸說。

「是《會飛的鹿》！」梅花鹿說。

「是《猴子最聰明》！」獼猴說。

「不是，」山羊館長笑呵呵的說：「是這本書，請看！」

他把熊爺爺拉到身旁，熊爺爺很不好意思，但山羊館長緊緊將他握住。

「那是熊爺爺！」小山羌說。

「他手上沒書！」小山豬說。

「他身上也沒書！」小山貓說。

大家議論紛紛，山羊館長則清一清嗓門說：「其實熊爺爺本身就是一本書。」

「啊？」大家一臉訝異。

「熊爺爺知道很多黑熊村的故事，所以他是一本很精彩的歷史書、故事書。」

見大家沒反應，山羊館長趕緊再做宣傳。

「從今天起，你可以向圖書館登記『借閱』熊爺爺。他是一本會活動、會說話的書，你可以跟他預約，看是要聽『黑熊森林的妖精』，還是『山頂的神仙』，或是『地底的神祕洞穴』，內容很精彩喲！」

一聽完館長這麼說，小山羌馬上說：「我要借！」

小山豬也喊：「我也要借！」

大家立刻搶成一團，黑熊村的第一間圖書館終於開幕了，現場鬧熱滾滾，熊爺爺也開心的跟著大家一起慶開幕！

——原載二〇一八年十二月二十～二十一日《國語日報・故事版》

編委的話

● **曾芊華**

熊爺爺最後變成一本書，有更大的價值，而且是會說話也會動的書，證明人老了還是有用。

● **楊子函**

是不是人老了，就會出現像熊爺爺一樣的煩惱呢？熊爺爺煩惱的轉變結果，讓人感覺十分驚奇，但又是最合理溫暖的結果了。

● **趙芷語**

熊爺爺是一位能幫到多少忙就幫多少忙的人，他的熱心和熱情使人好感動，如果他真的存在，一定是一位慈祥和藹容易親近的人。

小米羅的大帽子／旅人 Yu

◎ 插畫／吳嘉鴻

作者簡介

累積在倫敦求學和工作四年多的經驗，在城市裡用步伐來體驗生活，在咖啡店裡品嘗人生，吸收國外對於文化藝術上的呈現，將生活日常、旅行記事的感受轉化成文字，與大家分享。

個人Blog：倫敦台北研究者筆記、日本有的沒的

童話觀

在〈小米羅的大帽子〉故事中，將原本藏在防護罩大帽子下沒有自信心的小米羅，藉由分享和幫助他人的過程中找回自己原本的面貌，可以將真實的自己呈現出來，希望大朋友和小朋友在閱讀的過程中也能從中獲得正面的能量。

小米羅有一頂大大的帽子，每天出門，他都會戴著它。

大帽子的顏色是天空藍，邊邊是草地綠；太陽大的時候，它可以遮陽，雨天也可以幫忙擋住雨水。因為大帽子，小米羅走在路上，大家都一眼就認出是他；當小米羅跟朋友走散的時候，朋友也很容易就找到他。

有一天，奇怪的事情發生了，當小米羅伸伸懶腰起床的時後，卻摸不到放在旁邊櫃子上的大帽子。

「我的帽子呢？」小米羅非常緊張，沒有大帽子，又捲又翹的頭髮就會被大家看見了。

「咻！咻！咻！」窗外吹進來的風，吹亂了小米羅的頭髮。他想要把窗戶關起來的時候，看見窗外有一隻飛翔的燕子勾著他的大帽子。

「我的帽子。」小米羅從窗外追了出去，抓住了大帽子。

「燕子，你勾走我的帽子了。」小米羅大聲對燕子喊叫，但是燕子好像什麼都沒有聽到。

燕子一直往前飛，小米羅被帶到了燕子國。

燕子停了下來，小米羅探出頭來，看到燕子窩都是各式各樣的帽子做的，有牛仔帽、草帽、斗篷帽、毛帽、貝蕾帽和紳士帽等。

「你怎麼會在這裡？」燕子總算發現小米羅在大帽子裡。

「因為你拿走我的大帽子……我剛剛就跳進來了。」

「這是你的帽子？我還以為是沒有人的。」燕子正在思考該如何是好。

「你本來要做成燕子窩嗎？」

「對呀！本來想用這個帽子做成給小孩睡覺的家。」小小燕子們在一旁啾啾叫著。

正在煩惱的時候，小米羅看著帽子邊邊的綠色，想到一個好點子。

「燕子媽媽，我可以把帽子邊邊的線拆下來，跟葉子綁在一起，這樣你們就有地方住了。」

「真是太好了。」

於是，燕子跟小米羅用落葉和帽子的線一起合力做好了新的窩。

小米羅跟燕子家族說再見後，便把縮小一圈的帽子戴在頭上。

照著燕子媽媽的指示，小米羅走往回家的方向，經過河邊時，聽到從河裡傳來求救聲。

小米羅往前一看，原來是松鼠一家人陷在河裡。

他跑到離松鼠們最近的岸邊，將帽子扯下一大半，再讓它順著水流到松鼠們的旁邊。帽子的大小剛好可以讓松鼠一家人坐在上面，安全的漂到河的另一頭。

「謝謝你。」松鼠一家人對了小米羅揮揮手。

小米羅繼續走，頭上戴著缺了一大半的帽子。快到村莊時，遇到了靜止不動的蝸牛爺爺。

「蝸牛爺爺，為什麼你停在路上不動呢？」

「啊！因為我背上的殼裂了，所以現在無法前進。」

「蝸牛爺爺，這個給您用吧。」小米羅把

剩下的帽子放在蝸牛爺爺的背上。

「謝謝你呀。」蝸牛爺爺總算可以在路上慢慢的散步。

回到了村莊，沒有了大帽子的小米羅，害怕村裡的人看到他亂糟糟的頭髮會取笑他……

不過，村人看到小米羅，只是摸摸他的頭，微笑的說：「歡迎回來。」

小米羅露出了大大的笑容。

——原載二〇一八年五月三十日《國語日報．故事版》

編委的話

● 曾芊華

小米羅雖然對外表沒自信，但是他有一顆善良的心，他用愛心幫助別人同時，不知不覺也幫助了自己變得有自信了。

● **楊子函**

小米羅習慣戴帽子，沒有大帽子就會非常緊張，擔心又捲又翹的頭髮會被大家看見。人有這種不安全感、不夠自信而自卑時，就要想辦法努力改變。

● **趙芷語**

看到小米羅的改變是讓人開心的，這篇童話很溫暖陽光的鼓勵我們不要看輕自己。

—主編的話—

開創童話永恆的魅力

謝鴻文

1

很榮幸接手一〇七年度的九歌童話選，一路跟隨見證具有前瞻遠見的童話選成長，從創辦之初的《九十二年童話選》，協助我的學長徐錦成在主編時的童話資料搜尋，之後主編陸續換人，我幫忙撰寫過好多次的年度童話紀事，持續觀察台灣兒童文學的發展脈動。不做研究者，回歸作者身分，我也很幸運曾入選過童話選六次。

牽纏著如此美好的緣分，輪到由我擔綱年度童話選主編，絕對是一種恩典賞賜。瞬間回溯這十五年的歷程，好像生命的幽靜園林裡，有一條曲徑廊道，沿路賞花鑑草，不知不覺走著走著，便走到這來了。

這是生命裡的一件賞心樂事，喜悅盈心，就算再忙也無懼，更是無拒，就開心的漫遊童話花園賞花鑑草去了。

這一年度的童話選，又做一點小革新。一起參與編選的小主編，清一色是女孩，不若往年大主編總會刻意在性別上平衡，我想突破一些思維，不要讓性別分化也形成某種意識框架，好像預設男／女生會有明顯的閱讀品味偏好，因而要求取平衡。

三個小主編都是我的學生，這一年也刻記著我教學生涯的轉變，從大學到小學，而且是跳到實驗教育團體，一切都很新鮮。離開體制內學校，來到實驗教育團體的孩子，充滿個性，樂於接受挑戰，所以這一年的童話選編選過程，時時像在乘坐雲霄飛車，驚險刺激又有趣。

2

接下來就鄭重邀請大家，歡迎來到全世界獨一無二，別無分店的「許願餐廳」和「神仙快遞」。

先來介紹「許願餐廳」，由十位作者大廚傾力打造，以創意想像加上愛為原料，烹調出夢幻般的甜蜜滋味，甚至會品嘗到讓人滲出感動眼淚，帶著一絲絲酸楚疼惜的滋味。

來到這的人們，相信都會感受到作者們的真摯心意，讓每一道童話色香味俱全，可以滋養孩子們的精神更加豐富美好。

「神仙快遞」則是另一間匠心獨創，不斷顛覆想像，可以召喚神仙、魔法、國王等各種角色來送驚喜快遞包裹，打開便是新奇點子。

想進來參觀這間快遞公司，也不會有警衛保全守在門口盤查身分，請放心自在遊走，接受神仙、魔法的盛情款待。

「許願餐廳」和「神仙快遞」的設計組成，絕對是經過千挑萬選，一層又一層討論考量後的決定。我們從《國語日報》、《更生日報》、《國語日報週刊》、《兒童哲學雙月刊》、《未來少年》、《未來兒童》、《幼獅少年》、《地球公民 365》、《小典藏》、《火金姑》、《小鹿兒童文學雜誌》、《滿天星》、《康軒學習雜誌 Top945 初階版》、《康軒學習雜誌 Top945 進階版》、《小行星幼兒誌》、《小太陽 4-7 歲幼兒雜誌》，以及國內幾個兒童文學獎項，如淘沙揀金的評選出最後呈現在讀者面前的兩本精彩選集。

關於這些童話作品來源，《國語日報》依然占大宗，一〇七年適逢《國語日報》創報七十週年紀念，尤顯意義不凡。這份老字號的兒童日報，仍舊是所有兒童文學創作者努力爭取表現的舞台；不過目前國內兒童文學創作、出版與閱讀的走勢，繪本愈趨強勢，視覺圖像的創作人才湧現快速不絕，相較之下其他文類都有衰退的情形，童話的衰退雖然較微小，可是隱憂警訊亦一直存在，以國語日報兒童文學牧笛獎為例，近幾年常被中國的兒童文學創作者強勢攻城掠地，一〇七年的六個得獎者中更是有一半來自海峽對岸。

除了《國語日報》之外，占第大二量的《國語日報週刊》，其中的「魔法故事盒」版，每週有一篇一千字內的童話，奇怪的是往年的年度童話選似乎把它遺漏未注意，今年倒是在此選中了一篇李逸的〈大使館奇妙夜〉，取材頗新穎，又帶點懸疑趣味。

其他報刊雜誌中，能刊登的篇幅有限，老將新秀文采並陳時，我們對新人亮相自然會多注意多看幾眼。前面提到的李逸，以及樓桂花、李郁棻、許亞歷、朱德華、旅人Yu、洪國隆、李柏宗都是第一次入選年度童話選的新面孔，值得給予更多期待與祝賀！

新人能否維繫能量，創作不懈，一方面要靠自身的努力，一方面也要大環境供給更友善平等、更寬闊多元自由的平台，才能促進童話創作的繁榮。兒童文學獎對於創作者具有不可或缺的激勵作用，但得過獎能否延續創作生命華茂，也攸關前述的兩件事。

一〇七年值得高興的新刊物是台灣兒童文學學會創辦的《小鹿兒童文學雜誌》，民間組織資金有限，願意投注心力於出版，允為讓人感動又擔心的事；擔心在於不知刊物能延續壽命多長久，若只是曇花一現就可惜了。兒童文學的草原上，有一匹新生的小鹿，從出生到成長，悄悄的一歲。雖然春日遲遲，離草木葳蕤，群鹿奔馳，呦呦鹿鳴的盛景還有些距離，但至少這一年《小鹿兒童文學雜誌》已經很清新的佇立在當代台灣兒童文學的土地上。祝願這本刊物會被持續守護著，一如中華民國兒童文學創辦的《火金姑》，微光相聚，互照前程。

3

我和三位小主編年初確立了評選的標準，各自表述了心中喜歡的童話特色之後，只要小主編中有兩位圈選非常喜歡的童話，便會進入複選名單。

複選時表決入選年度童話選的共識篇目頗高，第一輪討論就順利達陣選入年度童話選選的篇目有：黃文輝〈魔法栗子的味道〉、鄭宗弦〈泡菜小翠尋寶記〉、林哲璋〈老師，屁股長蟲了〉、賴曉珍〈狐狸薄荷〉、李郁棻〈完美專賣店〉、朱德華〈小松鼠的明信片〉、許亞歷〈讓色彩再現的灰階國〉、王宇清〈星願親子餐廳〉、洪國隆〈學當保母的國王〉和李柏宗〈神仙保鑣公司〉。本來小主編也非常喜愛選入的亞平〈狐狸小紅愛吃麵〉和林世仁〈黃昏裡的老法師〉，兩篇卻因故無法授權，最後年度童話選只能忍痛割愛。

其他擁有一票至兩票擁護，經過激辯、拉拒、力薦，周姚萍的〈格外有用小魔女〉果然很有用擊敗自己的〈醜蔬果大冒險〉，林世仁則是〈老爺爺和他的印刷機〉和〈蠍子萬萬〉兄弟鬩牆，結果〈老爺爺和他的印刷機〉薑是老的辣勝出，但不巧又獲知這一篇是舊作重刊，依規定又要捨棄。這一捨棄，遂導致林世仁成為本年度最大的遺珠，他從年度童話選第二年開始的《九十三年童話選》年年入選的輝煌紀錄也因此中斷，實在非常非常可惜扼腕！

雖然和林世仁有私交，但在評選討論過程中，我還是保持中立、大公無私，沒有刻意護航任何人影響小主編的想法。林世仁絕對是當代台灣可敬與需要珍惜的兒童文學作家，本年度他在童詩、兒歌的創作非常豐沛出色，《字的小詩》全三冊還榮獲本年度的金鼎獎，他的桂冠榮耀與實力，肯定不會因為童話選入選紀錄中斷就打折扣。數十年如一日，林世仁專注而熱忱投入創作的身影，我看見他對兒童文學創作虔敬專業的態度，不禁想起電影演員梅莉·史翠普，這位被譽為當代最偉大，奧斯卡入圍次數最多的女演員，受訪時曾說過：「上天賜予人類最偉大的禮物，就是讓我們擁有熱情的能量。」台灣兒童文學界的一哥林世仁，相信來年，他還會繼續以他翻新求變的熱情能量，把入選年度童話選的次數紀錄繼續累積成一座難以超越的高峰。

而另一位讓人尊敬的作家是傅林統，這位資深的兒童文學前輩，也是本年度童話選最年長的入選者，同樣數十年如一日筆耕不輟，其人溫文慈愛與作品風格相得益彰。此次入選的〈能言鳥的樂園〉情繫於土地，為宜蘭鴛鴦湖的泰雅公主譜寫了一段浪漫故事，同時對天地自然人與鳥獸存有一份歡欣和敬意。

其他有進入複選討論，最後差臨門一腳無法被選入年度童話選的作品，請容我也在這一一誌記：陳素宜〈跳舞的鶴〉、亞平〈鼴鼠洞三十號教室〉、楊隆吉〈招潮水筆〉、蠟筆哥哥〈虎爸爸的麵攤〉、黃培欽〈不吃肉的獅子〉、王文華〈萬能家事機器人〉、子魚〈一隻黑貓偷走我的夢〉、任小霞〈萬一錯了〉、岑澎維〈颱風訓練中心〉、安石榴〈快樂開始的地方〉、陳景聰〈猴山上的感恩餐會〉、王家珍〈精靈的耶誕包裹〉、陳秋玉〈普靈傲的占卜箱〉和張英珉〈最後的甘蔗汁〉。

這些琳瑯滿目的珍珠，沒入選不代表它們不好，只是碰到我們一個大主編、三個小主編，依著我們的品味觀點，在一定的遊戲機制中，求取最大的契合認同的結果。而連進入複選都沒有的作品，也未必是技不如人，例如哲也在《小行星幼兒誌》，以及林哲璋在《小太陽 4-7 歲幼兒雜誌》發表的童話，因為寫的是幼兒童話，低齡淺語，簡淡易讀，和其他為小學生寫的童話相比，先天條件就比較吃虧，加上小主編又都是小學生，幼兒童話遂很難受青睞，但這些幼兒童話玲瓏可愛，純真爛漫如小小孩的笑容，讀來就是舒心開懷。所以我也在此寫下致意寄語，願以上諸位創作者來年仍舊快樂的為孩子寫作。

4

回首綜觀一〇七年度發表的童話，出現大量與飲食或食物相關的題材，或以餐廳為場景書寫，例如國語日報兒童文學牧笛獎第二名鄭若珣〈糖、辛香料和美好的食物〉，更把「美好的食物」標誌出來，召喚味蕾的記憶。又如岑澎維〈糖果國的治蟻大臣〉，故事裡那個嗜吃糖果的國王，只要嘴裡含著糖果便覺幸福滿足，簡直是天下大部分孩子的化身。

我很難說明白這一年為何冒出這麼多這類題材書寫？古諺「民以食為天」鞏固的生存基本需求，當我們考察飲食的文化象徵意義，可從地域特色、器具、食材等各方面使用為依據，從中觀看日常生活和社會場域裡，人們如何情牽於飲食的各種心理需要和價值取向；食物往往於此扮演著記憶的潤滑劑，烹調的技藝則可以用來傳遞訊息、表達思想情感。飲食的酸甜苦辣鹹滋味，亦是人生的寫照，每一個事件的咀嚼都是有滋有味，點滴在心頭。

當我們理解這層道理後，自也明白童話裡建構的飲食、食物或餐廳，不僅流奶如蜜，芳馥濃醇，夢幻華美；更重要的是，往往還包裹著愛，藉此撫慰了孩子，在紙頁的字裡行間滿足孩子生理心理的幻想。這一年突然湧現的飲食書寫，或許只能歸於是偶然與巧合，是創作者們心有靈犀、默契一致的要在這一年以文字煲煨，細熬慢燉的料理出一場澎湃豐盛吧。不過現實中，類似糖果這類食物，再怎麼提供幸福滿足感也不宜多吃；但在童話世界裡，這般甜蜜蜜的滋味卻可以多多服用，潤口，更潤心，神奇的是味美更雋永，總讓人回味無窮。

當我們最後決選要再就二十篇入選童話慎重評出年度童話獎，以及去年增設的小主編推薦獎，四篇分數較高的童話分別是賴曉珍〈狐狸薄荷糖〉、王宇清〈星願親子餐廳〉、許亞歷〈讓色彩再現的灰階國〉以及黃文輝〈魔法栗子的味道〉，名單一攤，無巧不成書，四篇幾乎皆與飲食書寫有關。

由於賴曉珍曾是九歌年度童話獎得主，依規定需禮讓，剩下的三篇再經過一番討論，毫無懸念的讓王宇清〈星願親子餐廳〉榮獲一〇七年度九歌年度童話獎，許亞歷〈讓色彩再現的灰階國〉獲得小主編推薦獎。這個圓滿結果，讓三位小主編都很開心滿意。

恭喜王宇清，縱使台灣目前創作大環境未盡善盡美，可是看他堅定而緩慢的跋涉在兒童文學創作路上向前不息，以童話為主，兼寫少年小說和繪本，自《九十九年童話選》初次亮相，這些年童話選也入選過幾次，亦得過九歌現代少兒文學獎、國語日報兒童文學牧笛獎等大獎桂冠加冕，並已出版了《願望小郵差》、《空氣搖滾》等作品，感覺他亮相迄今並非特別大鳴大放搶眼奪目，但他實已是台灣青壯輩重要的兒童文學作家之一，或許是大器晚成型，未來勢必細水長流。

王宇清守護的創作信念：「能感動人的幻想作品，不一定要有趣，但一定要有『餘味』。」（見《九十九年童話選》）確實也一直使他文筆生香，餘韻綿長。

值得一提，本年度他同時有三篇童話進入複選，分別是：〈綠古鎮的老塔莉〉、〈大象忘忘〉和〈星願親子餐廳〉，以〈大象忘忘〉來說，故事裡那隻忘了自己從哪裡來？是誰？還有要到哪兒去的大象，當然也不知道自己名字，才有別人幫他取了「忘忘」的名字，在同伴的安慰、陪伴之下，忘忘就算再也想不起在馬戲團的往事，卻安於當下，喜歡當下的自己，故事的尾聲，淡淡一句：「他喜歡當大象。」含藏著質量很厚重的靈性自覺，是深邃的生命課題測驗。

至於〈星願親子餐廳〉，讀完更是餘味不絕，心中會有許多想法如漣漪擴散蕩漾。這篇童話雖為幻想，又具備很強的現實感，反映出現代父母沉迷於手機，對孩子的冷落疏忽，導致孩子必須流離在「星願的時空」裡，滿足不被關愛陪伴的失落恐懼，同時不斷快速的老去。然而，所有的悲傷，到了故事結局則因為父母的覺醒懺悔，親子關係修復為親密，心裡眼裡所見的一切，皆似星光閃閃，有燦亮群星守護生命永夜。

閱讀童話，孩子在故事裡尋求認同與投射，這樣的心理機制容易拉近真實與幻想的距離，一旦想像世界越接近真實世界時，真實世界也悄悄的向想像世界的邊界靠近。如同日本兒童文學研究者上野瞭在《現代兒童文學》指出，童話經常創造一個「通道」，「穿越了『通道』之後，會發現和日常世界『相連』的某處，存在著不可思議的世界。……通道的意義在於，經由『通道』使奇妙世界和乏味平淡的一般世界相連繫，拉近了現實世界。」〈星願親子餐廳〉裡的「通道」，引渡孩子得到安慰，這正是童話永恆的魅力。

童話之不可思議，當然也可由年度童話選啟程。

打造一間奇妙的童話餐廳

曾芊華

小朋友好，這是我們打造的一家奇妙的童話餐廳，只有童話選才有喔！

說起這家餐廳的打造過程，一定要把我們討論的過程坦白說出來，有一些作品我們三個人常常會意見不合，因為大家都有各自喜歡的作品，每個人都曾經為自己支持的作品拉票，誰也不讓誰；可是也有一些作品，最後還是會被拉票說服成功。也有我們三人共同喜歡的作品，一下子就投票通過入選，像是我個人很喜歡的童話〈狐狸薄荷糖〉和〈魔法栗子的味道〉。

這兩篇是我今年讀的全部童話中，印象最深刻最喜歡的。〈狐狸薄荷糖〉故事很溫馨感人，小狐狸的行為讓人很喜歡他。〈魔法栗子的味道〉的故事情節搞笑又有創意，對臭味的描寫很誇張又好笑，如果叫我吃應該絕對會吐出來吧！

我們生活中假如真的有一間童話餐廳，賣很多奇妙有趣的東西，像是狐狸薄荷糖，生意應該會很好，相信大人小都會喜歡去光臨。不過這樣的想像不知道會不會在真實世界中出現？如果不能，我們就利用童話來滿足，得到很多幻想快樂也不錯。我喜歡的童話，不要重複王子公主在一起的情節，或者把女巫都形容成醜陋可怕，把野狼都形容成壞蛋，這樣就太沒創意了。故事情節要新鮮，有豐富的想像力，而且這種想像，最好是別人沒有寫過的。如果故事雖然是想像，可是出現感人的情節，好像會真實發生在我們身邊，會讓我覺得特別感動。

其實以前我在學校的國語很普通，轉學到 FunSpace 樂思空間團體實驗教育後，上國語變得很有趣，我也喜愛上閱讀，所以當鴻文老師提到有這樣的機會，我也鼓起勇氣報名，最後憑運氣抽籤選上，一開始知道自己被選上很開心，但是也非常緊張，不知道自己能不能勝任，謝謝爸爸媽媽這一年一直給我的支持鼓勵，謝謝鴻文老師辛苦的指導。

看見有思想的童話

楊子函

曾經在書店看過前幾年的年度童話選，沒有特別買來看完。一開始知道被選上當年度童話選小主編很訝異，也不知道是幸運或不幸運。

我從小就喜歡閱讀，尤其喜歡讀小說，沉浸在作家編造的世界裡，感受人生的各種喜怒哀愁，例如林滿秋的《浴簾後》這類小說就很吸引我，最近也想找金庸武俠小說來看。

喜歡看書，可是對於編一本書，怎麼當主編這件事仍然有許多不了解，幸好鴻文老師很有耐心的帶領著我，於是展開了一整年的童話閱讀和評選工作。

今年讀到許多篇童話，有的很長有的很短，有些是有名作家，有些從來沒聽過。印象最深刻，也最喜歡的是〈星願親子餐廳〉，因為這一篇的故事反映了許多現代家長愛滑手機的壞習慣，讓我們可以思考到親子共處的道理。

我覺得大人不能每次都叫小孩去看書，自己卻在滑手機，或者叫小孩去做什麼事，都是一邊低頭滑手機一邊命令，這樣真的很不好！我們小孩看在心裡有種不被重視的感覺，所以這篇童話讀起來真的讓人引發許多思考，建議大人一定要讀。

至於我心目中好的童話標準，我的想法是：

一、故事要有內涵思想，可以引發一些思考各種人生道理，讓我們去思考。所以故事不能太簡單，甚至幼稚，像騙小孩就不得我心。

二、故事劇情要有新的創意和發現，可以讓人意想不到。我不喜歡的童話是情節讀到一半一看就能猜中那種。

三、作者的文筆也要講究一點修辭，文筆不好就會使我不想繼續往下讀。

討論過程中我們三位小主編會互相開玩笑，例如每次有兩個人支持選某一篇，另外一個人沒投票，其他兩個人就會聯合起來開玩笑說：「一定是你看不懂啦！所以沒投這一篇！」但開玩笑過後，我們還是和和氣氣的好朋友，也很順利把任務完成了。

討論越多次之後發現我們的默契會越來越好，所以最後選年度童話獎的時候，幾乎是一致通過給了我最喜歡的〈星願親子餐廳〉。

編完這本書很有成就感，沒想到自己還是小學生也能編一本書，幫自己的小學生涯留下美好紀念。

搭乘童話火箭自由飛翔

趙芷語

我本來就喜歡閱讀，從小讀書很快，讀完之後，就會請爸爸媽媽帶我去買新書，或者去圖書館借一大疊書回家讀，實在很過癮！

難得有這次機會可以參與童話選的編選，知道可以在一年內讀這麼多童話，很興奮，而且有我喜歡的作家像陳素宜、賴曉珍，還有更多不知道的作者，剛好趁此機會認識。

我們每次的討論都很溫馨有趣，有時我們三個人還會互相爭吵吐槽，可是鴻文老師都會事先準備零食安撫我們，並適當阻止我們爭吵，使得我們的討論變得平心靜氣。

今年印象最深刻的童話有的名字很奇怪，像是〈老師，屁股長蟲了〉；至於我最喜歡的童話要具備什麼條件呢？讓我認真來說說：

一、一篇故事有圓滿美好的結局的童話特別吸引我。

二、故事有魔法的情節，我也很喜歡。

三、故事不要太嚴肅說教，要有純真想像的樂趣。

四、老掉牙的故事情節千萬千萬不要出現，創意很重要。

每次看到有想像力的童話，我都好羨慕，很想知道作者腦袋裡哪來的想像力啊？可以瞬間像駕著火箭自由飛翔，讀了會非常開心。

媽媽常說我想像力豐富，經過這一年的閱讀磨練，說不定以後我也可以當個作家。

編完這一次的童話選，我最大的心得是──終於編完了，雖然辛苦，但是絕對值得，甜美的成果證明「一分耕耘，一分收穫」。

一〇七年童話紀事

◎王蕙瑄

一月

● 二日，林鍾隆兒童文學推廣工作室公布二〇一七年度台灣兒童文學佳作推薦書單，入選十本書中，童話為賴曉珍《門神寶貝》。

● 二十日，中華民國兒童文學學會改選新任理事長，由游珮芸當選第十二屆理事長。同日頒發「二〇一七台灣兒童文學傑出論文獎」，獲獎的是王蕙瑄的博士論文〈臺灣童書出版發展史研究〉，以及陳佩怡的碩士論文〈李潼「台灣的兒女」系列小說多重組構之研究〉。

● 二十六日，由台北市立圖書館、新北市立圖書館、國語日報社主辦，幼獅少年、中華民國兒童文學學會協辦之第七十三梯次「好書大家讀」優良少年兒童讀物評選結果揭曉，選出單冊圖書二〇一冊、套書三套八冊。童話入選有：王宇清《妖怪新聞社2：止不住的哈啾與癢癢事件》、范先慧《雪兔的孩子》、林鍾隆《幸福的小豬》、小野《藍騎士和白武士》、哲也《小火龍便利商店》、哲也《小火龍與糊塗小魔女》、侯維玲《小恐怖》、林世仁《換換書》、哲也《小熊兄妹的點子屋2：不能說的三句話》、賴曉珍《門神寶貝》等。

●小兵出版蘇善《普羅米修詩》。

二月

●六至十一日，第二十六屆台北國際書展在世貿一、三館舉行。今年書展內容豐富，優惠創新高，總計共有十大主題展館、五大論壇以及超過五百場以上的閱讀活動，呼應「讀力時代」主題，展現閱讀新境界。童書館兼具親子同歡及國際視野，規劃有史上最強陣容的「台灣繪本美術館」，安排十二位台灣頂級插畫家沙龍活動，還有讓孩子享受實境解謎的樂趣「兒童閱讀體驗館」及推薦「優良讀物主題館」。

●七至九日，由台灣兒童文學學會主辦的「二〇一八兒童文學創作研究冬令營」在台中惠中寺舉行，講師包括邱各容、許建崑、貓印子、鄭宗弦、莫渝、林德俊、林孟寰、黃玉蘭、吳櫻、劉仲倫、陳景聰和康原，課程涵蓋不同文類。與童話相關課程有陳景聰主講「走進童話的幻想國度」。

●康軒出版李光福《飛雞跳狗去告狀》。

●螢火蟲出版顧希佳、李樂毅、王曼利《字的童話故事》系列八冊。

●小天下出版林哲璋《用點心學校9：紅白大對抗》。

三月

●十四日，九歌出版社在紀州庵文學森林舉辦「九歌一〇六年度文選新書發表會暨頒獎典禮」。適逢九歌出版四十年，也是年度文選第三十六年。《九歌一〇六年童話選》本年首次將童話選分成《海洋攪一攪湯》和《星際忽嚕嚕湯》兩冊，由亞平主編，及三位小主編徐弘軒、陳品禎、蔡銘恩共同編選，選入嚴淑女、鍒九九、任小霞、子魚、陳素宜、蔡鳳秋、周姚萍、王蔚、王昭偉、林世仁、傅林統、陳書苑、岑澎維、李治娟、山鷹、黃海、林茵、邱傑、楊隆吉、許姿閔、姜子安的童話，並選出陳素宜〈沒鰭〉榮獲「年度童話獎」，特增「小主編推薦童話獎」由許姿閔〈便利之門〉獲得。

●三十一日，桃園市於蘆竹成立桃園市兒童文學館，今日舉行啟用典禮，開幕首展選定資深兒童文學「說故事爺爺——傅林統」，展出其作品、手稿、文物，為期三個月。後續規劃將陸續展出馮輝岳、廖明進等桃園市兒童文學作家。

●國語日報社出版子魚《微童話》。

四月

●四至八日，基隆市政府舉辦「童話藝術節」，以經典童話故事角色製作大型氣球與人偶，進行地景布置和展演，並搭配兒童節之相關遊戲活動。

●四至八日，高雄市立美術館附屬之兒童美術館，辦理「誰來我家——怪里．怪氣．怪可愛」兒童節限定版活動，並同時舉辦「兒童美術館第一屆故事節」讓大家一起說故事；以及「家．野鳥．藝術家」主題繪本展，邀集三位繪本作家劉伯樂、唐唐和湯姆牛，展出為期一個月繪本圖畫展。

●十日，台南市政府文化局舉辦「二〇一八台南兒童閱讀月優質本土兒童文學」徵選名單揭曉，入選童話有：陳月文《滴滴：一滴小水滴擁抱海洋的奇遇旅程》、于景俠等《機器人保母》、管家琪《猴子裁縫的絕活》、王宇清《妖怪新聞社2：止不住的哈啾與癢癢事件》、劉思源《狐說八道4：投石問錯鹿》、賴曉珍《門神寶貝》、蕭逸清《神探噴射雞3：腳書大魔法》、林哲璋《不偷懶小學4：忍不住大師》、亞平《貓卡卡的裁縫店》、王文華《戲台上的大將軍》、哲也《小熊兄妹的點子屋2：不能說的三句話》、王文華《湯圓小仙有辦法》、方秋雅《馬警官破案記1——塗鴉幫的密碼信》、花格子《香噴噴大道》、李光福《聖誕老婆婆》、陳碏《記得》。

●二十一日，二〇一七「好書大家讀」年度最佳少年兒童讀物獎揭曉，童話得獎有范先慧《雪兔的孩子》、小野《藍騎士和白武士》、哲也《小火龍便利商店》、《小熊兄妹的點子屋2：不能說的三句話》。

●三十日，台灣兒童文學學會創辦《小鹿兒童文學雜誌》創刊，由邱各容擔任主編，創刊號收錄有傅林統、吳櫻、陳素宜、山鷹、亞平、麥莉、樓桂花的童話。

●九歌出版社出版徐錦成編選《九歌兒童文學讀本》，收錄的童話有：傅林統〈超人七兄弟〉、黃海〈玻璃獅子〉、管家琪〈奇幻溫泉〉、王淑芬〈一個國王的故事〉、黃秋芳〈床母娘的寶貝〉、林世仁〈吶喊森林〉、周姚萍〈小魔女淘淘和淘淘雲〉、亞平〈雪藏三明治〉、楊隆吉〈趕快酥〉。

●小天下出版王文華《誰是大作家?》。

●國語日報社出版岑澎維《不會魔法的泰娜：節慶是日常生活的魔法．最獨特的新節日故事》。

五月

●幼獅文化出版冀劍制《鞋匠哲學家和放空小嵐》。

六月

●二十三日，靜宜大學外語學院舉辦「第二十屆兒童語言與兒童文學研討會」，發表論文主題涵括繪本、動畫電影、童詩、少年小說。

●三十日，國語日報舉辦「前瞻・共好」論壇，邀請桂文亞、林世仁、張友漁、嚴淑女、黃雅淳等出版界、創作者、研究者共論「立地創作好童話」。

●國語日報社出版林世仁《小師父大徒弟》。

●小兵出版陳啟淦《一百座山的傳說》。

●親子天下出版顏志豪《插頭小豬1：停電星球》。

七月

●十六至十九日，台東大學兒童文學研究所舉辦「二〇一八兒童文學夏日學校」，課程內容有桌遊體驗、故事與討論、文字表達與圖像創作、發想遊戲腳本並製作童話桌遊，由游珮芸、藍劍虹、余曉琪、董惠芳擔任講師。

●十七日，二〇一八教育部文藝創作獎揭曉，教師組童話特優蔡秉諺〈十萬光年的心願〉、優選陳文森〈火之書〉、優選洪雅齡〈我遇見我自己〉、佳作鄭玉姍〈神仙的暑假作業〉、佳作王宇清〈星願親子餐廳〉、佳作蔡鳳秋〈魔法貓救援任務〉。

●二十一至二十二日，台東大學兒童文學研究所舉辦「二〇一八兒少文學與文化研討會」，大會主題為「後印刷時代的改編」。主要演講者陳儒修教授講題為「童話的規訓與懲罰：檢視大螢幕上的小紅帽」，共計發表十八篇論文，與童話相關有：李嘉琪〈《蕃人童話傳說選集》的改編歷程〉、陳家盈〈日本民間故事的改寫與再創造——以蒲島太郎為例〉。

●小兵出版洪國隆《竹筍炒肉絲國王》。

●親子天下出版林世仁《妖怪小學4：妖大王的大祕寶》。

●台南市政府文化局企劃，蔚藍文化出版，許玉蘭編選的《台南青少年文學讀本：兒童文學卷》，童話選收錄有林佑儒〈捉鬼特攻隊〉、李慶章〈千里眼與順風耳〉、陳玉珠〈苦苓出走計畫〉、王淑芬〈大大國與小小國〉、姜天陸〈雪舞〉、陳榛儀〈門神找家人〉、張清榮〈記憶袋〉、毛威麟〈過山蝦要回家〉、李光福〈冰雹小弟賣剉冰〉、林淑芬〈土雞危機事件〉、周梅春〈池塘小霸王〉、嚴淑女〈大樹摩天輪〉。

八月

●三至十二日，新北市兒童藝術節有多樣體驗、遊戲、遊行與兒童影展。結合童話與奇幻元素，亦展現在地特色與科學體驗。

●十四日，文化部辦理「第四十次中小學生優良課外讀物推介評選活動」結果出爐，文學類中童話有賴曉珍《門神寶貝》、哲也《小熊兄妹的點子屋2：不能說的三句話》、王淑芬主編《九歌一〇五年童話選》、方素珍《小珍珠選守護神》、于景俠等著《機器人保母》、李光福《聖誕老婆婆》、蘇善《島游4.0》等書。

●十七至二十一日，第十四屆亞洲兒童文學大會在中國湖南長沙市盛大舉辦，台灣此次代表的論文發表者有許建崑〈閱讀進階版：文本影像化與影像闡釋力〉、黃雅淳〈是典範還是規範？——論曹文軒《蜻蜓眼》中的定型化女性形象〉、游珮芸〈亞洲的童年風景——幫大人跑腿的小女孩們〉、謝鴻文〈審美現代性意義下的鄉土與懷舊——論林鍾隆《蠻牛的傳奇》、江福祐〈臺灣兒童閱讀的現況、隱憂與展望〉、林彤〈尋找我城的風景——論香港繪本創作中的鄉土書寫〉研究了《電車小叮在哪裡？》。

●巴巴文化出版王家珍《成語植物園之小貓老大歷險記》。

九月

●四日，二〇一八年新竹縣吳濁流文藝獎得獎名單揭曉，兒童文學類首獎陳韋任〈小縫隙的大冒險〉、貳獎葉衽傑〈移動世界〉、參獎王昭偉〈熱血男孩的飲料攤〉、佳作邱素青〈翻轉的願望〉、佳作李光福〈那間慢吞吞的店〉、佳作蔡其祥〈我看見我的獨特〉。

●六日，由台北市立圖書館、新北市立圖書館、國語日報社主辦，幼獅少年、中華民國兒童文學學會協辦之第七十四梯次「好書大家讀」優良少年兒童讀物評選活動結果揭曉，選出單冊圖書二一三冊、套書二套七冊。童話入選有：冀劍制《鞋匠哲學家和放空小嵐》、亞平《阿當，這隻貪吃的貓3》、哲也《童話莊子2：無敵大劍客》、王淑芬《貓巧可真快樂》、林世仁《小師父大徒弟》、于景俠等著《機器人保母》、子魚《微童話》、徐錦成主編《九歌兒童文學讀本》等。

●二十一日，二〇一八鍾肇政文學獎揭曉，兒童文學組正獎蔡淑仁〈通往故事結局的蟲洞〉、副獎李威使〈海上漂來一間房〉、副獎張英珉〈一貨公司〉。

●小天下出版陳素宜《沒鰭：陳素宜生態童話》。

●小天下出版賴曉珍《好品格童話5：小威愛哭哭》與《好品格童話6：蝴蝶女王與糞金龜》。

●小兵出版徐錦成《小矮人的幸福魔法》。

十月

●六日，第七屆台中文學獎揭曉，童話類：第一名王昭偉〈龜奔術〉、第二名陳秋玉〈普靈奧的占卜箱〉、第三名李柏宗〈神仙保鑣公司〉、佳作孫慕恩〈說書的狐狸〉、佳作許庭瑋〈「！」的味道〉、佳作陳佩萱〈阿祖的祕密〉、佳作李郁棻〈捕風少年〉。

●十二日，銘傳大學舉辦教師研習活動「童話故事裡學科學——如何轉換科學演示成為科普活動素材」，邀請中央大學物理系朱慶琪教授，以「愛麗絲漫遊奇境」與「小飛俠彼得潘」的互動式科學展覽的策展經驗，分享如何將科學演示實驗轉換成跨領域的科普活動。

●十五日，桃園市兒童文學創作獎揭曉，教師童話故事組第一名葉雅琪〈無聲運動會〉、第二名邱素青〈鼻涕公主要出嫁〉、第三名陳玉瑄〈妙博士的神奇時光機〉。

●聯經出版王洛夫《黃金、薯條、巧克力：世界原住民奇幻冒險》。

●小天下出版王昭偉《森林小勇士》。

十一月

●一日，中華民國兒童文學學會獲選為台北市政府文化局譽揚組織，是台北市第十四個譽揚團體。台北市政府文化局委由文訊雜誌社編印三冊日治時期兒童文學讀本：《春風少年歌：日治時期臺灣少年小說讀本》、《寶島留聲機：日治時期臺灣童謠讀本1》、《童言放送局：日治時期臺灣童謠讀本2》作為譽揚形式，譽揚典禮暨新書發表會於「兒童文學的家」舉行。

●三日，靜宜大學舉辦「第一屆翻譯研究暨第二屆台日兒童文學研究」國際學術研討會，會中與童話相關者為專題演講，日本學者對在日本『赤い鳥』兒童文學雜誌中的小川未明童話的研究，及論文發表〈『赤い鳥』、台灣、佐藤春夫的童話、北原白秋的童謠〉。

●六日，資深兒童文學作家徐正平逝世於桃園平鎮，徐正平一九三六年十月二十五日生於桃園新屋，筆名徐行。徐正平是台灣與桃園兒童文學諸多大事的見證人，例如一九七一年五月，有台灣小學教師兒童文學創作搖籃之稱的「台灣省教育廳國民學校教師研習會」的「兒童讀物寫作研習班」，就是徐正平建言催生的。一九七九年出版的童話代表作《小白沙遊記》，被研究者認為是台灣第一本個人科學童話，此書也曾榮獲金鼎獎的肯定。

●十日，第八屆蘭陽文學獎揭曉，童話組第一名王宇清〈黑傘女孩〉、第二名張英珉〈最後的甘蔗汁〉、第三名李鄢伊〈爸爸的大夜班〉、佳作陳俊志〈勇士的考驗〉、佳作郝妮爾〈向大海走去〉、佳作陳煥中〈喵喵與女孩辰星〉。

●十一日，中華民國兒童文學學會舉辦「基督教與兒童文學學術研討會」，除了張子樟、內藤知美、鄭善惠的專題講座，另有六篇論文發表。

●大真文化出版謝鴻文改編自林鍾隆童話《蠻牛傳奇》的兒童劇本《兒童劇《蠻牛傳奇》改編記》。

●五南出版陳正治《房屋中的國王》。

十二月

●十五日，第十七屆國語日報兒童文學牧笛獎舉行頒獎典禮，今年共有一百三十二件作品參賽，第一名朱佳妮〈什麼都有電影院〉、第二名鄭若珣〈糖、辛香料和美好的事物〉、第三名祖聰聰的〈煙婆婆的收藏〉、佳作陳昇群〈ㄔ．工廠〉、賈為〈起飛，大鳥〉、彭婉蕙〈那隻壁虎〉。同時出版得獎作品集《什麼都有電影院》。

●十六日，海峽兩岸兒童文學研究會舉辦「兒童文學下午茶」講座，邀請梁晨主講「斯洛伐克兒童文學現況」，李黨和方素珍報告「台灣出版社與兒童文學作家在中國大陸出版現況」。

●國語日報社集結十一位歷年牧笛獎得主：林世仁、王文華、蔡淑仁、張英珉、吳俊龍、岑澎維、李知融、亞平、陳素宜、王文美、張淑慧，以「時間」為主題出版童話合集《可以開始了嗎？》。

●字畝文化出版黃海《宇宙密碼：25篇星球科幻童話》。
●康軒出版王文華《跟王文華學聽說讀寫：貓不聞寫童話》。

九歌一〇七年童話選之神仙快遞

Collected Fairy Stories 2018

國家圖書館出版品預行編目 (CIP) 資料

九歌一〇七年童話選之神仙快遞 / 謝鴻文主編;
王淑慧、李月玲、吳嘉鴻、劉彤渲、蘇力卡圖 . --
初版 . -- 臺北市 : 九歌 , 2019.03
面 ;　公分 . -- (九歌童話選 ; 18)
ISBN 978-986-450-235-6(平裝)
859.6　　108001694

主　　編——謝鴻文、曾芊華、楊子函、趙芷語
插　　畫——王淑慧、李月玲、吳嘉鴻、劉彤渲、蘇力卡
執行編輯——鍾欣純
創 辦 人——蔡文甫
發 行 人——蔡澤玉
出版發行——九歌出版社有限公司
台北市 105 八德路 3 段 12 巷 57 弄 40 號
電話／02-25776564・傳真／02-25707716
郵政劃撥／0112295-1

九歌文學網　www.chiuko.com.tw

印　　刷——晨捷印製股份有限公司
法律顧問——龍躍天律師・蕭雄淋律師・董安丹律師
初　　版——2019 年 3 月
定　　價——260 元
書　　號——0172018
I S B N——978-986-450-235-6

本書榮獲台北市文化局 Department of Cultural Affairs Taipei City Government 贊助